古井由吉
翻訳集成

ムージル・リルケ
篇

草思社

古井由吉翻訳集成
ムージル・リルケ篇

目次

古井由吉翻訳集成

ムージル・リルケ篇

ロベルト・ムージル

愛の完成

「ほんとうにいっしょに来てくださらないの、あなた」

「それが行けないのだよ。わかっているだろう。いいかげんに仕事に方をつけてしまうようにしなくてはならないのだ」

「でも、リリーが喜ぶわ……」

「そう、喜ぶだろう。しかし出かけるわけにはいかないのだ」

「あたし、あなたをおいて旅に出るなんてとても、気がすすまない……」

紅茶をつぎながら妻はそう言った。そして部屋の隅で明るい花模様の安楽椅子にもたれて煙草をふかす夫のほうを眺めやった。夕暮れだった。窓には濃い緑の目隠しが表の通りを見おろしていた。同じ色をしたよその家々の目隠しと長い一列をなして、それらとすこしも見分けのつかぬ顔つきで。暗く静かにおりた二つの瞼《まぶた》のようにそれは部屋の輝きを隠し、その部屋の内では、ちょうど紅茶がくすんだ銀色のポットからカップに落ち、かすかなさざめきをたてて底を叩き、やがてひとすじに静止して見えた、麦藁《むぎわら》色の軽いトパーズでできた透明なよじれた柱となり……。いくらかくぼんだポットの表面には緑と灰色の影、それに青と黄の影がうつり、そこに流れ集まり淀んだふうに動かなかった。だが妻の肘はポットからすっとあがり、そして夫を眺めやる視線は、その腕とひとつの角度を、硬いぎごちない角度をなした。

たしかに、それは誰の眼にも見えるひとつの角度だった。しかしそれとは違った、ほとんど質感にひとしいものを、その中に感じ取れるのは、この二人だけだった。彼らにはこの角度がきわめて硬い金属でできたすじかいとなって二人の間に緊張し、それぞれを椅子に抑えつけ、それでいて、遠く隔たっているにもかかわらずほとんど身体に訴える一体感へと結びつけるように思われた。それは互いのみぞおちのあたりに支点をもち、彼らはそこに圧迫を感じた。その力を受けて、彼らは目もふらず眉ひとつ動かさぬまま、椅子の背にそってぎごちなく押し上げられた。それでも、その力が身にあたるところに、彼らはこまやかな動揺を、いかにもかろやかなものを感じるのだった、まるで二人の心臓がそれぞれ小さな蝶の群れとなってひらひらとまじりあうかに……。

ほとんど現実のものとは思えぬほどかすかではあるが、いかにもたしかなこの感触を、かすかにふるえる軸のように拠《よ》りどころにして、さらにまた、この軸の支点をなす二人を拠りどころにして、部屋全体は立っていた。あたりの物たちは息をひそめ、壁にうつる光は黄金色のレースのように凝固した。あらゆるものが沈黙し、何かを待ち、そして二人のために存在した。ひとすじのはてしなく輝き流れる糸のように世界を渡る時間は、いましもこの部屋の真中をつらぬいて流れ、この二人の胸をつらぬいて流れ、いきなり静止して、硬くなるかに見えた、硬くなり、静かになり、きらきらと輝くかに……。物たちは互いにいくらか身を寄せあった。それはあの静止と、それにつづくひそやかな沈澱の瞬間だった。飽和液の中でいきなり面が整い、結晶が形づくられるときの……。二人のまわりに結晶が生じた。その中心軸は二人をつらぬき、そして息をひそめ、盛りあがり、まわりに凝固していく結晶を通して、二人は幾千もの鏡面を通すようにして眺めあい、いま初めてお互いを見出したかのように、あらためて見つめあった……。

妻がポットをおろした。手はテーブルの上に置かれた。幸福の重みに疲れきった様子で、二人はそれぞれクッションにまた背を沈めた。そして目と目でしっかりと捉えあいながら、呆然と微笑み、お互いのことは何ひとつ話してはならないと感じた。そこでまたしてもあの病める人間のことを、二人して読んだ書物に出てくる病める人間のことを、語りはじめた。二人ははっきりと定まった箇所と問いからすぐさま始めた。さっきから二人ともそのことを考えていたかのように。じつはそうではなかった。二人はこのことにかこつけて、もう数日間というもの奇妙なふうに自分たちを捕えて離さないひとつの対話を、またしても始めたまでのことだった。それは数日来、まるでその素顔を隠して、例の書物のことを語りながらそのじつあらぬかたをうかがっているとでもいうふうに、彼らを捕えていたのだった。実際にしばらくすると、それとはすこしも気づかれぬままに、この無意識の口実を抜けて、思いはまた彼ら自身のもとに戻ってきた。

「このGのような人間は自分のことをどう見ているのかしら」と妻はたずねた。そして思いに耽《ふけ》って、ほとんど独り言につづけた。「彼は子供たちを誘って、若い女たちを惑わして、われとわが身を汚させる。それから、ひとり微笑んで、自分の内のどこかで弱い稲光のように閃《ひらめ》くわずかばかりの性の喜びを、立ちつくして見つめている。彼は自分のふるまいを悪いと思っているのかしら、あなたはどう思いになって」

「悪いと思っているかって……たぶんそうだろう、あるいはそうじゃないかもしれない」と夫は答えた。「あるいはこうした感情のことでは、そんなふうにたずねるのはまちがいなのかもしれない」

「でもあたしは思うのよ」と妻は言った。その様子からは、彼女がこの偶然な一人の男のことではなくて、彼女にとってこの男の背後からすでにほのかに顕《あら》われはじめた何ごとかを話しているのだということが見えた。「あたしは思うのよ、彼は自分のおこないを良いと思っているって」

二人の思いはしばしば声もなく相並んで往き、やがて遠く離れたところで、ふたたび言葉の中へ浮かびあがった。それでも、思いはなおも無言のまま手を取りあい、すべてがすでに語られたかのようだった。

「……彼は犠牲者たちをもてあそび、苦しめる。彼は女たちを堕落させ、官能を掻き乱だし、静まるあてもない渇きの中へ投げこんでしまう。その罪を彼は知らないはずがない。それなのにまるで微笑んでいるように見える。とても柔和な蒼白い顔で、とても憂鬱そうに、それでいて決然と、やさしさに満ちて……やさしさに満ちて、自分と犠牲者の上に漂う微笑み……大地を覆う雨の日のようで、天から送られてきて、つかみようもない。彼の憂愁の中には、彼が自分のおこなう暴虐を眺めるときの感情の中には、いっさいの申しひらきがひそんでいる。頭脳というものはどれも孤独な、一人ぽっちなものじゃないかしら……」

「そう、頭脳というものはどれも孤独なものではないか」

二人はまた沈黙して、あの未知の第三者のことを、数ある第三者の中のこの一人のことを、ともに思いやった。二人並んで風景の中を行く心地だった。木々があり、草原があり、空があり、そしていきなり、なぜすべてがここでは青く輝いて、かしこでは雲に覆われているのか、わからなくなる。二人はこれらの第三者がそろって自分らを囲んで立っているのを感じた。ちょうどわれわれを包みこみ、ときおり、一羽の鳥が不可解に揺らぐひとすじの線を刻みこんで飛び去るそのとき、見なれぬ透明な姿でわれわれを見つめ、そして凍えさせる、あの大きな球体のように。夕べの部屋の中にひとつの孤独が、冷たい、はるばるとひろがる、真昼の明るさの孤独が生じた。

そのとき、一人が話しはじめた。静かに弦をかなでるような声だった。

「……あの人は扉を閉ざした家。彼のおこないは彼の内で、おそらくやさしい音楽のように響いている。けれど、誰がそれを聞くだろう。この音楽に触れると、何もかも穏やかな憂愁へと変わってしまう……」

もう一人が答えた。

「……おそらく彼は出口を求めて、くりかえし自分の内を手探りしながら歩んだ。あげくに立ち止まって、いまはただ、厚くなった窓ガラスに顔を寄せ、いとしい犠牲者たちを遠くから眺めて、微笑んでいる……」

そのほかには二人はひと言も喋らなかった。しかしうっとりとからみあう沈黙の中で、二人の思いはさらに高く、さらに遠く響きわたった。

「……この微笑みだけが女たちのもとまで届いて、その上に漂う。血を流して息絶えていく彼女たちの苦悩の身ぶりのおぞましさから、その微笑みはなよやかな花環をひとつ編む。そして彼女たちがこの花環を感じ取るだろうかと、しばらく心やさしくためらい、それから花環を捨てて決然と昇っていく。孤独の秘密の、はばたく翼に運ばれて。見なれぬ獣のように、神秘の満ちた空無の中へ」

このような孤独の上に、彼らは自分たちの共生の秘訣があるのを感じるのだった。それは二人を取り囲む世界についての漠とした感触であり、これこそが二人をしてひたりと身を寄せ合わしめていた。それはたった一箇所をあましてハ方から吹く冷たさの、夢のようにほのかな感触であり、そののこされた一箇所で彼らは互いに身を寄せあい、重みをあずけ、重なりあっているのだった。ちょうど見事に寸法のあった二つの半球が、ぴったりとかさなりあって外側への境界を狭め、その中身をいよいよひろびろとまじりあわせるのと同じに。二人はときどき、一切のものを残りなく共有することができないことで不幸を感じた。

「あなたは覚えているかしら」と妻が言いだした。

「幾日か前の晩のこと、あなたがあたしに接吻したとき、あたしたちの間に何かがはさまっていたのを、あなたはわかっていたかしら。あたしの心にふと浮かんだことがあったの。ちょうどあのとき。どうでもいいようなことが。でも、それはあなたではなかった。そしてあなたでなくてもかまわないということが、あたしには急につらくなったの。あなたにそれが言えなかった。初めはあたし、あなたがそれを知らないくせにあたしのすぐそばにいると思っている様子なので、微笑まずにいられなかった。ところがそれから、あなたにそのことをもう言いたくなくなったの。あなたが自分でそれを感じ取れないものだから、あなたのことが憎らしくなったの。それで、あなたの優しさはあのときあたしを見つけられなかったわけなのよ。といっても、あたしと別れて、とあなたにもとめる気はとてもなかったわ。なぜって、現実には、それは何でもなかったのですもの。現実には、あたしはあなたのそばにいたのよ。だけどそれと同時に、ぼんやりとした影ほどにあたしは感じたの、あなたから離れても、あなたなしでも生きられるように。こんな気持わかるかしら。ときどき物という物がいきなり、二度にわたって現われることがあるものよ。一度はふだん知っている張りのある鮮やかな姿で。それからもう一度、今度は蒼白くて、ほの暗い、何かに驚いた姿で。まるでもうひとりの人間にひそかに、すでに見知らぬまなざしで、見つめられているかのように。あたしはあなたをつかんで、あたしの中へ引きもどしたかった……それからまたあなたを突きはなして、地面に身を投げ出したかった。なぜって、それがとにかく可能だったのですもの……」

「あのときのことだろうか……」

「ええ、あのときのことよ。あたしはそれからあなたの腕の中で泣きだしたのだわ。ええ、あなたが思ったとおり、あなたの心のもっと奥深くまで感じたいという願いのあまりなの。怒らないで。あなたに話しておかなくてはいけないと思ったの、なぜだかわからないけれど。ええ、ただの妄想だったのだわ。でも、それはあたしを苦しめる。このGのことを思い出さずにいられなかったのも、ほかでもないそのせいだったと思うわ。あなたはどうなの……」

椅子にもたれていた夫は煙草をおいて立ち上がった。二人の視線は互いにしっかりとすがり、一本の綱の上に並んで立つ二つのからだのように、張りつめたまま揺らいだ。それから二人は何も言わずに窓の覆いを上げて表の通りを眺めた。心のうちの緊張がきしきしと音をたてながら、何かをまたあらたに形づくって落着いていくけはいに、じっと耳を傾けている心地だった。二人はお互いなしでは生きられないのを、一緒になってしか生きられないのを感じた。ちょうどみずからの内部の平衡によって精妙に支えられ、しかも何なりと思うがままのものを支えることのできる、ひとつの系のように。お互いのことを思うと、二人にはそれがほとんど病み痛むものに思えた。それほどに微妙な、それほどに危うい、それほどのとらえがたい平衡として、二人は心に内のほんのかすかな揺らぎにたいする鋭敏さの中に、自分たちの関係を感じるのだった。

しばらくして、外の世界の眺めによってふたたび落着きを取りもどしたとき、二人は疲れを覚え、からだを寄せあって眠りたいと願った。お互いの存在のほかには、二人は何ひとつ感じなかった。にもかかわらず、すでにごく小さくなって闇の中に消え入らんとしながらも、ひとつの感情が、天の八方へひろがっていくように、なおも残った。

*

あくる朝、クラウディネは十三歳になる娘のリリーが養育されている寄宿舎を訪れるために、ある小さな街にむかって出発した。それは彼女の初婚のときの子供だったが、その父親というのが、じつはクラウディネがある別荘地に滞在していたときに歯の痛みに苦しめられてたずねたアメリカ人の歯医者だった。そのころ、彼女はある男の来訪をむなしく待ち暮らしていた。待てども待てども男は到着せず、彼女はどうにもこらえきれなくなっていた。そして腹立ちと歯の痛みと、エーテルの臭いと、数日来たえず目の上に浮かぶのを眺めさせられる医者の白いまるい顔とによって、一種独特な酩酊へ誘いこまれて、その中で過ちは起った。だがこの情事のことで良心の疼《うず》きが彼女のうちに目覚めたことはなかった。また彼女の人生のあの失われた初期におけるどの情事についても同様だった。それから数週間たってもう一度予後の診察にいくことになったとき、彼女は小間使いに伴をさせた。それでこの体験は彼女にとっておしまいになった。のちの記憶に残ったものといって、だしぬけに頭に被《かぶ》せられた外套のように、彼女をひとしきり惑乱させ興奮させ、たちまち地に滑り落ちたおかしな感覚の雲だけだった。

というのも、あのころの彼女の行為と体験の中には、どう考えてみても、奇妙なものがのこるのだ。今から思えば、あの一件ほどすばやく確かな始末のついた情事はのちにひとつとしてなく、彼女は長いあいだ見たところいつも誰かしら男に完全に支配されていた。ひとたび男に支配されるとなると、やがて自分を投げ棄てて、自分の意志というものをまったく持たなくなるまでに、男の言いなりになれたものだった。ところが、それが過ぎ去ったあとで、何か強烈な、あるいは重大な出来事を体験したような感情をいだいたことは一度としてなかった。いずれ屈従にまで至りつく強い情熱の行為を彼女はさまざま犯し、それに苦しめられた。にもかかわらず、自分のおこないはどれも結局のところ自分の心には触れないのだ、ほんとうは自分と何のかかわりもないのだ、という意識を片時も失わなかった。どこにでもいる、身持ちの悪い不幸な女の所行は、小川のように彼女のもとからさらさらと流れ去り、そして身じろぎもせず、物思いに耽りながら、そのほとりに坐っている気持しか彼女はいだかなかった。

こうして思慮もなく男たちに身をゆだねながらも、彼女をして最後のところでおのれの内にしかと留まらしめたものは、彼女のおこないにかすかに伴うある内面性についての、けっして定かにはならぬ意識だった。現実の体験のあらゆる結び目の背後で、何かが見出されぬままに流れていた。彼女は自分の生のこの隠れた本性を一度としてつかんだことはなかった。そればかりかどうやら、この本性のもとまで行き着くことはけっしてあるまいと思ってさえいるようであったが、それでも彼女は何が起ろうとそれについて客人のよそよそしい気持しかいだかなかった。知らぬ家の中にたった一度かぎり入りこみ、考える面倒をやめて、いくらか退屈しながら、そこで出会うすべてに身をまかせる客人の。

やがて現在の夫を知ったそのとき、彼女がおこなった、彼女がこうむったすべては、彼女にとって過去へ沈んだ。それを境に彼女は静謐《せいひつ》と孤独の中へ入った。今までに何があったかはすでに問題ではなく、これから何がそこから生じるか、それだけが大事だった。今までのことはすべて、二人がお互いをいよいよ強く感じるよう、ただそれだけのためにあったかに思われた。あるいはまるきり忘れられた。なにやら心をしびれさせる成長感が、花咲く山々のように、彼女のまわりにふくらんだ。ごくかすかに、危機をしのいできたという感情がのこってひとつの背景をなし、そこからあらゆる感情が、暖風の訪れとともに固い氷の下からさまざまな動きが睡たげに目を覚ますように、解き放たれた。

わずかにひとつの感情が、ほのかに、蒼白く、ほとんどそれとはわからぬほどに、あのころの生活から今の生活の中へ流れこんでいるようだった。そして彼女がほかでもない今日、これらすべてを思い出さなくてはならなかったのは、ただの偶然のせいか、あるいは娘に会いに行くせいか、あるいは取るに足らぬきっかけのせいかもしれなかったが、とにかく、それは彼女が駅まで来たとき初めて浮かんだ。駅の構内で彼女は、大勢の人間たちのあいだに入り、人ごみに圧迫され落着かぬ気持にさせられ、いきなりある感情に心をかすかになぜられた。それはなかばしか形をなさぬまま、すでに消え失せそうに掠《かす》めていきながら、彼女にあの忘れかけていた一時期のことを、ぼんやりと遠く、だがほとんどありのままの姿で思い起させた。

夫には駅まで送る暇もなかったので、クラウディネは一人で汽車を待つことになった。まわりでは群衆が押しあい揉みあい、重くうねる汚水のように、彼女のからだをあちこちへ押しやった。起きぬけのひらききった蒼白い顔々に浮くさまざまな感情が暗い空間を漂っていくさまは、濁った水の表面に魚の卵が浮かぶのに似ていた。彼女は胸が悪くなった。この押しあい揉みあいを、なげやりな手つきで、自分の行く手から追いはらってやりたいと感じた。ところが、まわりの人間たちの肉体的な優勢に怯えたか、それともただ、汚れたガラスと入り組んだ鉄骨からなる大天井の下をどんよりと、ひとしく、ひややかに満ちたしている光に怯えただけなのか、見たところは落着きはらった慇懃《いんぎん》な物腰で人々の間を歩みながら、じつは自分が是非もなくそうしているのを彼女は感じ、そのことを屈辱のように心の底で病んだ。自分の内にたてこもろうとしたがむなしかった。ゆっくりと揺れ動きながら、雑踏の中へ溺れてしまった心地がした。目はもはや自分の行く道を見定められなかった。自分のことを思うことさえできなかった。そして物を思おうと苦心すると、ほのかな、やわらかな頭痛が思いの前に張った。

思いは互いに内へうずくまりこみ、過去をつかもうとしていた。だが彼女がそこから得たものは、なにやら高価な、壊れやすい品物をひそかにたずさえているような意識だけだった。そのことをほかの人間たちには気取《けど》られてはならなかった。なぜなら、彼らにはそれが理解できない、それに彼女は彼らよりも弱くて、わが身を護ることができない。彼らを恐れている。小さく内にひきこもり、彼女は人の間をつんとすまして歩いた。あまり近くまで寄ってくる者があると、思わずからだを固くして、つつましやかな表情のうしろに隠れた。そのとき、ひそかな恍惚感とともに、自分の幸福というものを感じるのだった。さからうのをやめて、このかすかに乱れる不安に身をゆだねるとき、その幸福がどんなに美しくなりまさっていくかを。

そこから、彼女はそれがすでに覚えのある幸福であることを知った。あのころもそんなふうだった。彼女の心にいきなり〈むかし〉という思いが、まるで自分は長いことそこから離れてはいたけれど、けっして遠くには行っていなかったとでもいうように、浮かんだ。なにやら彼女を包んでほのかに白むものがあり、情熱に病む女が怯えて身をひそめるような、おぼつかぬものがあった。彼女のおこないは細かに砕けて身から剝離し、縁もなくなった男たちの記憶によって運び去られた。どの体験も彼女の内に結実への萌《きざ》しをのこさなかった。ほかの人間たちがすっかりむしりとったと思って、飽いて背を向けるそのとき、うち捨てられた魂をかすかにふくらませはじめるあの力を。にもかかわらず、彼女のこうむったすべてに、冠から輝きでるような微光が蒼白く差し、そして彼女の人生に伴うあの鈍くざわめく哀しさには、顫《ふる》える輝きがあった。さらにときおり彼女には、苦しみが自身の内で小さな炎と燃えている気のすることがあり、何かしらが彼女を駆り立てて、次から次へと新たな火をともさせた。火をともしながら、彼女はきりきりと肉に食いこむ環を額に感じるように思った。夢とガラスからつくりなされた、目に見えず、うつつならぬ環を。ときには、それは彼女の頭の内で遠く環を描くひとつの歌にすぎなかった……。

クラウディネは身じろぎもせずに坐っていた。汽車はかすかに揺れながら野山を抜けて走った。乗りあわせた客たちがお喋りをしていたが、彼女にはさざめきにしか聞こえなかった。彼女はようやく夫のことを思い、その思いは雪の湿りをふくんだ空気のように柔らかでけだるい幸福感につつまれたが、あらゆる柔和さにもかかわらず、なにやらほとんど身動きをさまたげるものがあった。あるいは、病が癒えかけて、ながらく部屋になじんだからだが、はじめて戸外へ足を踏みだすことになったときの、思わず立ち止まらせ、そしてほとんど苦痛をあたえる幸福感が。その背後にはひきつづき、漠として揺らぐあの音色が、彼女にはとらえられぬままに、遠く、忘却の中から、呼んでいた。幼い日の歌のように、ひとつの痛みのように、彼女自身のように。大きな揺らぐ環を描いて、それは彼女の思いを惹きつけたが、思いはその顔をのぞきこむことができなかった。

彼女は座席にもたれて窓の外を眺めた。あの音色のことをさらに思いつづけることに疲れた。感覚は冴えざえとさめて、物に感じやすくなっていた。しかしその感覚の背後で何かが静まろうとし、伸びひろがろうとし、世界を滑り過ぎさせようとしていた。電柱が斜めに傾いて去り、畑が褐色の畝《うね》を雪の中からのぞかせ半転してすさり、灌木の群れが人の逆立ちの格好をして幾百もの小さな脚を張りひろげ、それらの小枝からは幾千もの小さな水滴が垂れ、したたり落ち、宙を飛び、ひらめき、輝いた。そこにはなにやら陽気で軽快なものがあった。壁がひらいて視界がひろがったような、なにやら解きほぐされて重みを取り除かれたような、そしていかにも心やさしい感じが。彼女のからだからさえ、おだやかな重みがのぞかれていった。雪の解ける感触を彼女は耳の内に遊ばせていたが、しだいに、たえまない、しまりのない響きのほかには耳に入らなくなった。彼女は夫とともにこの世界の中で、ひとつの泡だつ球体の内に、真珠と水泡と、羽毛の軽さでさざめく雲片とに満たされた球体の内に、生きている心地がした。彼女は目を閉じて、その印象に耽りこんだ。

しばらくすると彼女はまた物を思いはじめた。かろやかで乱れぬ列車の動揺、窓外の自然の、ゆるんでほどけていく眺め——何かしら圧迫が身から除かれたように感じられ、彼女はふと、一人でいることに気がついた。彼女は思わず目を上げた。五感のまわりを、ひきつづき物がかすかにさざめく渦を巻いて飛びすさっていく。閉じたところしか覚えのない扉が、ある日、目の前に開いているのを見た、そんな気持だった。おそらくそんな願いをもう長いこと心にいだいていたのだろう。あるいは彼女と夫との愛の中で、何かが隠されたままあちこちへ揺れ動いていたのかもしれない。しかし、それが二人をいよいよまた固く結びつけるということのほかには、彼女は何ひとつ知らずにきた。ところが今になって、長いこと閉じこめられていたものが内でひそかに殻を破って飛び出した気がした。そして内側からゆっくりと、ほとんど目にはつかないけれどかなりの深さまで達した傷から血が流れ出すように、わずかずつ、とめどもない滴《しずく》をなして、さまざまな思いと感情が湧きあがり、傷口をひろげていった。

愛する人間への関係の中には、たくさんの問いが考えつくされぬままにのこるものだ。共同生活はそのような問いが考えつくされるのを待たずに、問いを乗り越えて、築きあげられなくてはならない。そしてのちになると、ひとたびできあがった生活は、ほかの可能性をただ思い浮かべるだけの力さえ、もう余してはおかない。それからある日、道端のどこかに一本の奇妙な杭《くい》が立ち、ひとつの顔があり、なにやら香りがためらい、石がちの草むらの中へ、まだ踏み入ったことのない小径《こみち》が消えるのが見える。ほんとうはひきかえさなくてはならない、見にいかなくてはならないのだとはわかっている。しかしすべては前へ前へと走ろうとする。ただ蜘蛛の糸か、夢か、さらさらと鳴る枝か、そんな何かが歩みをためらわせ、まだ生まれない思いから静かな痺《しび》れが放射してくる。最近になってときおり、おそらくときおりというよりもうすこし頻繁に、こうして過去を振り返ることが、あるいは、もっとひしひしと過去のほうへ身をよじむけることがあった。クラウディネの貞操はそれに抵抗した。その理由はほかでもなく、彼女の貞操とは静かに守ることではなくて、力を解き放つこと、互いに身を支えあうこと、たえまなき前進による平衡であったからだ。つまり、手に手を取って走ることだった。しかしときおり、そのさなかに、突然、立ち止まってみたい、たった一人で立ち止まってあたりを見まわしたいという、誘惑が生じることがあった。すると彼女は自分の情熱を何か理不尽なもの、無理やり自分を拉《らっ》し去るものに感じるのだった。その誘惑もやがて克服され、後悔を覚える。そして自分の愛の美しさについての意識にあらためて覆われるとき、その意識はなおも酔いのように重くて揺るがしがたく感じられ、彼女は喜びと恐れのいりまじった気持で、自分の心の動きがすべてこの意識の内に、金襴《きんらん》にくるまれ紐で結《ゆわ》えられたように、大きく固く、つつみこまれてあるのを悟る。それでもどこかしらで何かが彼女を誘いつつ、赤剝げになり春を迎える大地へ落ちる三月の陽の影のように、静かに青白く差していた。

クラウディネは幸福のさなかにあってもときおり、これはただの事実にすぎない、いやほとんど偶然にすぎない、という意識におそわれることがあった。おそらくもっと違った、遠く思いもおよばぬ生き方が、自分のために定められているにちがいない、と思った。それはおそらく以前の生活から今の彼女の内にのこされたひとつの思いの形にすぎず、実際にそう思ったわけでもなく、かつてその思いに伴ったであろうひとつの感情でしかなかった。それは空疎な、たえまなき動き、しきりに遠くをうかがい見ようとする動きであり、尻ごみがちで一度としてやりおおせられたこともないままに、今ではその内容をとうに失って、暗い坑道の口のように彼女の夢の中にひらいていた。

あるいは、それはひとつの孤独な幸福、何よりもはるかにすばらしいものなのかもしれない。他者どうしの愛を踏まえて、ただ骨っぽく、魂もなく、堅固な足場が立つ、そんな彼女の関係のどこか一箇所で、何かがゆるみ、浮動し、ぼんやりと物に感じやすくなっていた。かすかな動揺が彼女の内にあった。極度の緊張へのほとんど病的な渇望が、最後の高揚への予感が。ときおり、彼女には自分が未知の愛の苦しみへ定められた者のように思われた。

ときおり、音楽を耳にするとこの予感が彼女の魂に触れた。ひそやかに、遠く離れたどこかしらで。すると彼女はどことも見分けもつかぬその境に、なおかつ自分の魂をいきなり感じ取って驚くのだった。毎年、冬至のころになると、この極限に平生よりも近づいたのを感じる時期がめぐってくる。赤裸な、力なく生と死との間に掛かる冬の日々に、彼女はなにやら憂愁を感じた。それは通常の、愛を求める心の憂愁とはならず、いま所有しているこの大いなる愛を捨て去りたいという、憧憬に近いものだった。まるで彼女の前に究極の結びつきへの道がほの白み、彼女をもはや、愛する人のもとへは導かず、さらに先へ、何ものにも守られず、せつないはるけさの、ものすべてが柔らかに枯れ凋《しぼ》むその中へ、導いていくかのようだった。そして彼女はこの憂愁がどこか遠いところからやってくることに気がついた。彼女の愛がもはや二人だけの間のものではなくて、蒼白い根によってあやうく世界に掛かっているところから。

二人して戸外を歩むと、その影はごく淡くて、歩みを地につなぎとめる力も失せたかに、だらりと足にまつわりつき、そして足の下では堅い地面がいかにも短く、沈みがちに響いて、葉を落とした灌木が凝然と空を突き刺した。この途方もない鮮明さにおののくひと時の中にあって、もの言わぬ従順な物たちがいきなり二人から離れ、奇妙なものになっていくかに感じられた。物たちは薄い光の中に屹立《きつりつ》し、まるで冒険者、まるで異国の者たち、まるで現《うつつ》ならぬ者たち、いまにも響き消えていきそうにしながら、内側ではなにやら不可解なものの断片に満ちていた。その不可解なものは、何ものにも答えられることなく、あらゆる対象から振り落とされ、そしてそこからは一閃の砕かれた光が世界へ差し、投げ散らされ、まとまりもなく、ここではひとつの物の中に、かしこではひとつの消えていく思いの中に、輝き出るのだった。

そんなとき彼女は、ことによると自分はほかの男のものにもなれるのかもしれない、と思うことができた。しかも彼女にはそれが不貞のように思えず、むしろ夫との究極の結婚のように思えた。どこやら二人がもはや存在しない、二人が音楽のようでしかなくなる、誰にも聞かれず何物にもこだまされぬ音楽にひとしくなるところで、成就する究極の結婚のように。すると彼女には自分の現在の生活が、混乱した沈黙の中から自分自身を聞き取るためにぎしぎしと刻みこんでいくひとすじの線のようなものにしか、感じられないのだ。そこではひとつの瞬間が次の瞬間を呼び出し、そして彼女は自分のおこなうとおりのものになり、とどまることのない瑣末《さまつ》なおこないどおりのものになり、しかも、どうしてもおこなうことのできぬ何かがのこる。自分たちはことによると、ほとんど狂ったように心こまやかに響いてくる、かすかな、せつない音色を、そんな音色を耳にすまいとする声高な抵抗によって、ようやく愛しあっているのかもしれない、という思いにおそわれながら、彼女は同時にまた、いっそう深いもつれあいを、途方もないからみあいを予感するのだった。それは言葉がとだえてあたりに音もなくなるその時、喧躁の中から果ても見えない現実の中へ目ざめて、意識されぬ出来事のもとにひとつの感情をいだいて立つ、その瞬間に生れる抱擁だった。そしてそれぞれ孤独に、平行して高みへ突き入っていくという苦痛とともに――そうなのだ、これにくらべればほかの行動はすべて、おのれを麻痺させ、おのれを閉ざし、ざわめきたてながらまどろみ入ろうとする試みにほかならないのだ――このような苦痛とともに、彼女は夫を愛した。最後の苦しみを、重い重い苦しみを彼にあたえなくてはならないと思うそのとき。

それからなお数週間、彼女の愛にはその色彩がのこり、やがてそれも過ぎ去る。だがしばしば、ほかの人間の存在に身近に触れるとき、それはよりかすかになり戻ってくる。取るに足りぬ人間が取るに足りぬことを喋るだけで十分だった。すると彼女はどこかから見つめられているのを感じた。あきれ顔で見つめられている、なぜお前はまだここにいるのかと。といっても、彼女がそのようなほかの男たちを求めたことは一度としてなかった。男たちのことを思うと、彼女は苦痛を覚えた、吐気をもよおした。しかし彼女のまわりで静けさが空虚なままにいきなり揺らぐことがあった。すると彼女には、自分が昇っていくのか、それとも落ちていくのか、わからなくなった。

クラウディネはまた表を眺めた。何もかもさきほどと変りがなかった。だが彼女の思いのせいか、それともほかの理由からか、なにやら目にさからうものが、空虚ながら頑なに風景の上をおおい、不快な乳濁した薄膜を通して物を眺める気持がした。あのせわしない、あまりにも軽やかな、まるで十本もの肢《あし》でうごめく賑わいが、いまでは堪えがたいほどに張りつめられていた。その内には侏儒《こびと》の小走りのようにあまりにも活発なものが、はしゃぎきって、人をからかうように、こまかくうごめき流れていたが、それも彼女にとってはやはり物言わぬ、生気もないものだった。そこかしこで、うつろな鳴子《なるこ》のような音が空へ舞いあがり、すざまじい摩擦音とともに飛びすさった。

そんな動きを、その中ではもはや物を感じることもできぬままに眺めていると、彼女は肉体的な苦痛を覚えた。いましがたまでは彼女の内に入りこんで感情となったこの躍動を、いまでもまだ彼女は窓外に見ることは見たが、おのれに満たされて浮かされたような動きではあったが、それらの物たちを手もとにひきよせようとすると、物たちはたちまちぼろぼろに砕けて、彼女の凝視のもとで崩れてしまう。そしてなにやら醜悪な感じが生じて、妙なふうに目に刺しこんできた。まるで目の内から彼女の魂が身を乗り出し、ひしひしと遠くへ手を伸ばし、何ものかをつかもうとして、空をつかんだかのように。

そして彼女の心に、自分もまたこれらの物たちとすこしも変らず、自身の内に閉じこめられ、たったひとつの場所につなぎとめられて日を暮らしているのだ、という思いが浮かんだ。ほかならぬひとつの街、そこにある一軒の建物、ひとつの住まいとひとつの自我感につなぎとめられて、何年も同じ小さな場所で暮らしているのだと。彼女の幸福もまた、彼女が一瞬でも立ち止まって待てば、このような鳴り騒ぐ物たちのかたまりと同様に飛び去ってしまうかに思えた。

　また彼女にはそれがたまたま心に浮かんだ想いとばかり見えなかった。その想いの内には、はてしもなく切り立っていく荒涼さのなにがしかがふくまれ、彼女はその中で支えを見出しかねた。そして岩壁にへばりついた登山者の心をふととらえるように、彼女の心をそっとなぜるものがあった。いかにも冷たい、いかにも静かな一瞬が生じ、その中で彼女は自分自身の存在を、巨大な岩壁のどこかで立った、かすかな、不可解なざざめきと聞いた。それから突然の沈黙によって、彼女は知った。いかにひそやかに自分がいま滴り落ちたかを。それにひきかえ、いかに巨大に、むごくも冷淡なざわめきに満ちて、虚無の、岩の額《ひたい》がそそり立っているかを。

　その虚無を前にして一枚の薄膜となり縮まりこみ、自分のことを思う不安を、この声なき不安を指先に感じ、そしてさまざまな印象が粟粒とこびりつき、さまざまな感情が砂と流れるその間、彼女はまたしてもあの独特な音色を耳にした。ひとつの点のように、一羽の鳥のように、それは虚空に浮かんでいるようだった。

　そのとき、彼女は何もかもがひとつの運命であるように感じた。自分が旅に出たのも、自然が自分の前から退いていったのも、自分がこの旅に出るやたちまち怖気づいて、自分を恐れ、人を恐れ、人の自足を恐れはじめたのも。そして彼女には自分の過去が、これからようやく起らなくてはならぬ何ごとかの、不完全な表現に見えてきた。

彼女はおずおずと表をなおも眺めつづけた。しかしそら恐ろしいまでに未知なものの重みを受けて、彼女の心はしだいにあらゆる拒絶の構えを、克服の意志の力を恥じはじめた。彼女の心は考えこむ様子だった。そしてあらゆるものを成るがままにまかせる、あのもっとも繊細で究極の、弱さの力に支えられ、小児よりもかぼそくなり、一枚の色あせた絹よりもやさしくなった。いまや、ゆるやかに萌してくる喜悦とともに、彼女はこの世界によそ者としてあるというもっとも深い幸福を、退くことによりようやく人らしい情となるこの幸福を感じるばかりだった。この世界の内へ入りこめず、この世界のかずかずの決定の中からひとつとして自分に定められた分を見出せず、人々の決定の真只中にありながら人生の縁まで押しやられて、巨大な盲目の虚無へ墜落するその寸前の一瞬を感じる、そんな気持をいだいて、この世界にあるという幸福を。

彼女はいきなり自分のむかしの、無縁の男たちになぶられ、もてあそばれた生活に、ごくほのかな郷愁を覚えはじめた。ちょうど、病の中で蒼白く弱く目覚めている心地に郷愁を覚えるように。家の中でさまざまな物音が部屋から部屋へさまよい歩き、自身はどの部屋にもなく、魂の重みを取り除かれて、なおもどこかしらに浮游する生をいとなんでいる、あの心地に。

窓の外では景色が音もなく飛んでいた。彼女の思いは、まわりの人間たちがいかにも大きく、声高く、揺ぎなくなっていくのを感じた。それに怯えて彼女は自分の内へ這いこみ、自分の無と、重みのなさと、何かをひたすらめざす衝動のほかには、何ひとつ知らなくなった。おもむろに列車はまだ雪深い土地に入り、長くゆるやかに振れながら、ひっそりと走りはじめた。空はいよいよ低く垂れ下がり、まもなくわずか数歩先で、ゆっくりと流れる雪の鈍色の帳《とばり》となって地を掃いて滑りだした。車内は薄暗く、黄色っぽくなった。乗りあわせた客たちの輪郭はクラウディネの前にもはや不確かにしか浮かび上がらず、ゆっくりと、幻のように左右に揺れた。自分が何を考えているのか、彼女にはもうわからなかった。ただひそやかに、未知の体験とともにたった一人でいるという悦びが彼女をとらえた。それは魂の、ごくかすかなとらえがたい混濁と、それを探りあてようとする大ぶりな、影のような動きとの、戯れにも似ていた。彼女は夫のことを思い出そうとした。しかしすでにほとんど過去のものとなりかかった自分の愛を、長いこと窓をとざした部屋のような、いぶかしいものとしてしか思い浮かべられなかった。彼女はそんな想像をはらいのけようと苦労したが、それはほんのわずか退くだけで、どこやら近くにまた落着いた。そして世界は、ひとりのこされて横たわる寝床のように、ひんやりと冷たくて心地よかった。とそのとき、彼女にはひとつの決定が自分を待っていると思われた。なぜそう感じたか、自分でもわからなかった。喜びも怒りもなかった。ただ、自分からは何ひとつ招きたくもなければ、また何ひとつ妨げたくもないのを感じた。彼女の思いはゆっくりと表の雪の中へさまよい出ていった。あともふりかえらず、いよいよ遠くへ、まるで疲れきって引き返すのもけだるいばかりに、先へ先へと進んでいくように。

＊

汽車の旅も終りに近づいたころ、その紳士は言ったものだ。「まさに田園風景。魔法をかけられた孤島、白いレースの部屋着をまとって童話《メルヒエン》の中心に立つ美女……」そして表の景色にむかってなにやら身ぶりをしてみせた。「なんてばかな」とクラウディネは思ったが、とっさに相応の返答が見つからなかった。

誰か窓をたたく者があり、蒼い窓ガラスの向こうにぼんやりと大きくひとつの顔が浮かんだ、そんな気持だった。この男が誰なのか、彼女は知らなかった。この男が誰であろうと、どうでもよいことだった。ただ、相手がそこに立って何かを求めているのを感じた。そしていまや何かが現実となりはじめているのを。

雲間にかすかな風が起り、雲を一列に整えてゆっくりと引いていくように、じっと動かぬふくよかな感情の中へこの実現の動きが吹きこんできたのを、彼女は感じた。内からではなく、かたわらをかすめて……。そしてさまざまな事実が不可解にも流れ動きはじめるとき、感じやすい人間たちが多くそうであるように、彼女はもはや精神のはたらきをもたぬことを、もはや自分ではないことを、精神の無力と、屈辱と、苦悩とを愛した。あたかも弱い者を、たとえば子供や女を、かわいさのあまり叩いてしまって、それから着物になってしまいたい、着物になってたった一人で自分の痛みを人知れずつつんでいたいと願うように。

こうして彼女たちは午後も遅くなって、閑散となった列車で到着した。一人また一人、乗客は車内からこぼれ落ちていった。ひと駅ごとに彼女たちはほかの乗客からふるい分けられ、やがてひとつに掻き集められた。駅から街までの一時間の道のりに、三台の馬橇《ばそり》しかなく、客はその三台に相乗りしなくてはならなかった。ふたたび物を思いはじめたとき、クラウディネは四人の者たちと一台の小さな橇の中に押しこめられていた。前方から、寒気の中で濛々《もうもう》と息をはく馬たちの異臭と、先を行く橇のカンテラから撒きちらされる灯の波が、流れこんできた。ときおり夜の闇が橇のすぐそばまで寄せ、橇の中を走り抜けた。やがて、彼女は自分たちがいま二列に並ぶ高い樹々の間を走っていることを知った。目的地に近づくにつれて狭まっていく暗い通路のような。

寒さをふせぐため彼女は風へ背をむけた。彼女の前には例の男が大きくどっしりと、毛皮の外套に身をつつんで坐っていた。男は引き返そうとする彼女の思いの、退路をふさいだ。戸口がぱたんと閉まったように、目をあげるたびにいきなり暗いその姿が前に立ちはだかった。気がついてみると、彼女は幾度か男を見つめて、その顔かたちを確かめようとしていた。もはや顔かたちだけが問題であって、そのほかのことはすべて決定しているとでもいうように。しかし男はいっこうに明瞭な姿をとらず、誰でもかまわぬ一人の男、漠とした疎遠さのひろがりのままでいる。

そのことを彼女は喜んだ。ときおりその疎遠さのひろがりは、鬱蒼と茂る森が動きだし近寄ってくるように、そして彼女の上にのしかかってくるかに感じられた。

そうこうするうちに会話が小さな橇の乗客たちのまわりに網の目を張りひろげた。男もそれに加わって、月並みで如才のない受け答えをしていた。男たちにまま見受けられる、鋭くて安定した体臭と同様に、女の前で男をつつみこむあの薬味ともいうべきものの、すこしばかり利いた受け答えだった。彼女はそのたびに、男の当然の支配欲を目のあたりにした困惑を覚え、さきほど男のほのめかしをもっときっぱりと撥《は》ねつけなかったことを思い出して恥じた。しばらくして自分も口をきかなくてはならなくなったときにも、あまりにやすやすと話にのったように思われた。そしていきなり自分自身について、無力な、取りとめのない、まるで切断された腕でも振りまわしているこころもとなさを覚えた。

それから彼女は自分のありさまに気づいた。たわいもなく左右に揺すぶられ、曲がり目にさしかかるそのたびに、あるときは腕をさわられ、あるときは膝をさわられ、ときには上半身全体で見も知らぬ男にもたれかかりしていた。それを彼女は遠い連想をとおして感じていた。まるでこの小さな橇が暗くされた一室であり、男たちが熱っぽく迫る顔つきで彼女を囲んで坐り、そして彼女は目をまっすぐ前へむけて、何も気づかぬふりで微笑みながら、この恥知らずな求めをおずおずとこらえているような。

しかしすべては、まどろみの中で重苦しい夢を見ながら、それが現実でないことを、たえずすこしばかり意識しているのと似ていた。ただこの夢をこうも鮮やかに感じることに彼女は驚いた。そのうちに、男が窓のほうへ身をかがめて空を見あげ、「われわれは雪に降りこめられることになりそうですな」と言った。

そのとき、彼女の思いは完全な目覚めへ、たちまち跳び移った。目をあげると、客たちは闇を抜けて光と小さな人影を見たときの、明るい無邪気な顔で冗談を言いあっていた。そして彼女は現実を、奇妙にひややかに、しらじらと意識した。しかし気がついて驚いたことに、それにもかかわらず心を動かされて、この現実の力を強く感じていた。それは彼女にほとんど恐れをいだかせた。というのも、それは蒼白い、あまりにも透明なとも言えそうな意識の明るさであり、その中では何ひとつとして夢の曖昧さへ沈むことなく、いかなる思いも横切らなかったが、しかしその中では人間たちの姿が小山のようにいかつく無際限にふくれあがり、現実のかたちを巨大でおぼろげな第二の輪郭へとふくれあがらせる目にみえぬ霧の中を、ふいに滑っていくかに見えた。彼女は客たちの前でほとんど屈従と恐怖を覚えた。それでもなお、この弱さこそひとつの不思議な能力にほかならないという気持を、かたときもすっかりは失わなかった。まるで彼女の存在の境界が目には見えぬまま、繊細に物に感じながら、自身を超えてひろがっていくかのようで、あらゆるものがそのひろがりにかすかに触れて、彼女をおののかせた。彼女は初めてこの今日という奇妙な日に驚いた。今日という日の孤独は彼女とともに、地下をくぐる道のように、ほの暗い内面の取りとめもないささやきの中へ徐々に沈んでいき、今になって遠い土地で、はらいのけようもない現実の出来事の中へ飛び出して、彼女をひとつのはるかな、見も知らぬ、思いもよらぬ現実とともにたった一人にした。

彼女はひそかに男のほうを眺めやった。男はちょうどマッチに火をつけるところで、口髭と片方の目が輝き出た。この意味もない動作さえ彼女はいかにも奇妙なものに感じて、突然、いま起りつつあるものの堅固さを見た。いかに自明にひとつの出来事がもうひとつの出来事につらなり、しかも単純で途方もない、愚劣なくせに、まるで単純で巨大な、石で組んだ暴力のように、そこに存在するかを。あれはしょせん凡庸な人間にすぎない、と彼女は思い返した。すると自分自身についての、かすかな、消え入りそうな、とらえがたい感情が、おもむろに彼女の上に降りてきた。解きほぐされ、細かにちぎられ、まるで蒼白い軽い泡となり、暗がりの中で男の前に漂っているように思われた。男の言葉に愛想よく答えることが、今では変な刺激をあたえた。受け答えながら、彼女はなすすべもなく、静まりかえった心で、自分のふるまいを眺めやり、快感と苦痛とに割れた満足を身に覚えた。大きな疲労の、そのいきなりくぼまった内側に、うずくまりこむように。

ただ一度、以前にもときどき事がこんなふうに始まったという思いが彼女の心に浮かんだ。そんな反復を思うと、一瞬、細いうなりを立てて、心ならずも淫蕩な驚愕が、まだ名づけようもない罪を前にしたように、彼女の心をかすめた。あたしが見つめていることに、この人は気づいただろうか、と彼女はふと思った。そして彼女の肉体はかすかな、ほとんどへりくだったような官能に満たされて、魂の奥処《おくが》をつつみかくす暗い覆いのようだった。男は闇の中で大きく静かに坐って、ただときおり微笑を浮かべた。あるいは彼女の目にそう見えただけなのかもしれない。

こうして彼らは互いに近々と向かいあって深い黄昏《たそがれ》の中を運ばれていった。徐々にまた、あのひそやかに前へかりたてる不安が彼女の思いの中に戻ってきた。彼女は自分に言いきかせようとした。これは何もかも、見も知らぬ人間たちの間にまじって行く、この突然の一人旅の、幻覚とまぎらわしいまでに混乱した心の内の静けさのせいにすぎないのだ、と。またときには、これは風のせいなのだ、そのきびしい、焼けつく冷たさにつつまれて、自分は硬直し、意志を失ってしまったのだ、と思った。だがときおり、奇妙にも、夫がいままた彼女のすぐ近くに戻ってきたように、そしてこの弱さと官能こそ彼女の愛におけるひとつの神秘な感情であるかのように、思われた。そして男のほうをまたしても眺めやり、おのれの意志の、つれなさと侵しがたさの、この呆然たる放棄を感じたそのとき、あかあかと彼女の過去の上に一点の光がかかり、彼女の過去をまるで名状しがたい、見知らぬ秩序をもつ遠方のように照らし出した。とうに過ぎ去ったはずのものがまだ生きているかのような、奇妙な未来感だった。しかし次の瞬間、消えていく一条の理解の光だけが暗闇の中にのこり、わずかに彼女の内側で何かがその余韻を追って振れ動いた。あたかもそれがまだ見ぬ彼女の愛の土地、巨大な事実に満ちて低くざわめき、混沌として見知らぬ土地であったかのように。いや、それがどんなふうだったか、彼女にはもうわからなかった。そして内に気弱くひきこもった自分を感じた。かの土地からやってくる奇妙な、まだとらえがたい決意のかずかずに満たされて。

奇妙にもほかの日々から切り離され、はずれのほうへ伸びる一列の部屋に似て、次から次へつらなって彼女の前に横たわる日々のことを、彼女は思いやらずにいられなかった。そしてその思いのあいまに、蹄の音を一歩一歩つぶさに聞いていた。その音が彼女を、偶然に定められた隣人たちと一緒にこの橇の中にあるという取るに足りぬ現在の中にのがれがたく閉じこめられたまま、誰かのもとへ一歩一歩運んでいくのを。そしてしどろもどろの笑いとともに会話の仲間に加わった。それでいて心の内では大きくひろがり、細かな枝を分け、静まり返った布に張り覆われたように見渡すことのできぬ思いになすすべも知らなかった。

それから、夜中になって、彼女は目を覚ました。まるで呼鈴を鳴らされたように。彼女は突然、雪が降っているのを感じた。窓のほうへ目をやると、柔らかく、重く、外の壁のように、窓は宙に掛かっていた。彼女は素足のまま、爪先立ちで窓辺に忍び寄った。何もかもすばやくあいついでおこなわれた。自分が獣のように素足を床におろしたのがぼんやりと見えた。それから降りしきる雪片の格子を、すぐ近くから鈍くのぞきこんだ。これらすべての動作を彼女はちょうど眠りの中から物に驚いて飛び起きたときの、小さな無人島のように浮かんだ、狭い意識の中でおこなった。自分自身からはるか遠く離れて立っている心地がした。そしてふいに何かが心に浮かんだ。あのことさらに強めた口調が。われわれはここで雪に降りこめられることになりそうですな、と言ったあの男の。

そこで彼女ははっきりと目覚めようとして、頭《こうべ》をめぐらした。背後に狭苦しく部屋があり、その狭苦しさの中にはまだなにやら奇妙なものが、まるで檻《おり》か、押しこまれたときの怯えに似たものがあった。一本の蠟燭に火をつけて、クラウディネはあたりの物の上を照らした。おもむろに眠りが物たちから引きはじめたが、物たちはまだしっくりと自分の内にもどりきっていない様子で立っていた。戸棚があり、櫃《ひつ》があり、寝台があった。しかし何かが多すぎるのか、それとも足りぬのか、すべてはひとつの虚無、荒涼とした、さらさらと降りしきる虚無だった。無表情に、瘦せ細って、物たちはゆらめく火のひろげるさむざむとした薄明りの中に立ち、テーブルと壁の上には、なおも埃がはてしもなくひろがるような、そしてその上を裸足で踏んでいかなくてはならぬような、感触が見えた。部屋の外は板張りの床に壁を白く塗った狭い廊下のはずだった。階段が昇ってくるあたりに、暗いランプがひとつ、針金の輪から吊り下がっているのを、彼女は知っていた。ランプは淡く揺れ動く五つの環を天井に投げている。やがてその光は壁へ流れて、汚れた手で探った跡のように漆喰に染みこむ。天井で意味もなく揺れ動く五つの淡い環は、異様に興奮した空虚を見張る番人のようだった。まわりでは見知らぬ人間たちが眠っていた。彼女はいきなり幻想的な興奮に熱くなるのを覚えた。低い声で呼んでみたかった。不安と欲情にかられて叫ぶ猫のように、真夜中に目覚めてここに立ちつくすこの身で。しかしそうこう思ううちに、奇妙に感じられた彼女のふるまいの、最後の影は、すでにまた滑らかになった心の壁の内へ音もなく這いもどった。そして彼女は思った。もしもいまあの男がやってきたら、そして彼の欲しているいることを、ただちにおこなおうとしたら……。

うろたえたとも、とっさにわからなかった。赤熱した球のように、何かが彼女の上を転がっていった、そしてしばらくはこの奇妙な驚愕と、その背後で鞭を振りおろしたようにまっすぐに伸びて物言わぬ空間の狭苦しさのほかには、何ひとつ存在しなかった。それから彼女はあの男の姿を思い浮かべようとこころみたが、それはうまくゆかず、ただ自分の思いの、用心深く前へ伸びていく獣じみた歩みを感じるばかりだった。わずかにときおり、あの男の何かしらを、実際にあったがままに浮かべた。髭を、輝き出た片方の目を。すると吐気を覚えた。自分はもう二度とほかの男のものにはなれない、と彼女は感じた。ところがまさにそのとき、まさに彼女の肉体がただ一つの肉体をひそやかに求めて、ほかのあらゆる肉体に嫌悪をいだくそのとき、それとともに彼女は——まるで一段と奥深いところで——なにやら低く身をかがめていく動きを、眩暈《めまい》を感じた。それはおそらく人間の心の不確かさへの予感、おそらくおのれへの危惧、あるいはただ、不可解にも無意味にも淫らをこころみる心、なおかつあのもう一人の男のやってくるのを願う心にすぎなかったのかもしれない。不安が彼女の中を、身をこがす冷気のように吹き抜け、破壊的な悦びを追いたてたてきた。

さしあたり何ごともなげに、どこかで時計が独り言をはじめ、足音が窓の下を通りすぎ、細くなり遠ざかった、静かな話し声が……。部屋の中はつめたく、肌から眠りの温《ぬく》みが立ち昇り、そして彼女は輪郭もなく、抵抗もなく、衰弱の雲につつまれて、その温みとともに暗闇の中を行きつもどりつ揺れ動いた。物たちの前で彼女はおのれを恥じた。物たちは固くまっすぐに立ち、とうにまた取るに足りぬものにもどり、いつに変わらぬ姿で彼女を囲んでひたすら前を見つめている。それにひきかえ、彼女はここに立って名も知らぬ男を待っていることを意識するだけで、心が乱れるのだ。それにもかかわらず、彼女はぼんやりと悟った。自分の心を誘うのはあの男ではなくて、ここに立って待っているというそのこと、自分であるという喜び、人間として、生命《いのち》ある物たちの間で傷口のようにぱっくりとひらいて目覚めてあるという、この鋭敏な、奔放な、捨て身の喜びにほかならぬことを。そして自分の心臓の鼓動を、どこからか物に驚いて迷いこんできた獣を胸に抱き取る心地で感じるうちに、奇妙にも肉体は静かに揺らぎながらふくらみだし、かすかに揺れる大きな見なれぬ花となり心臓をつつみこみ、突然この花をつらぬいて神秘な愛の結びつきの、目に見えぬ彼方まで張りひろげられた陶酔がおののき走った。愛する人のはるかな心臓がさまよい歩くのを彼女はかすかに耳にした。定めなく、安らぎなく、故郷もなく、境界を越えてたえだえに運ばれ遠くから星の光のごとく顫える音楽の一片のように、静けさの中へ鳴り響きながらさまよい歩くのを。彼女を求めるこの協和音の不気味な孤独に、途方もないからみあいに抱き取られたように心をとらえられ、彼女は人間たちの魂の住まうあらゆる土地を超えてはるかに耳を澄ました。

そのとき、彼女はここで何ごとかが完成されなくてはならないのを感じた。どれだけの間そうして立っていたのか、十五分か、半時間か、それとも数時間か、わからなかった。時間は目に見えぬ源泉から湧き出て、流入も流出もない、涯《はて》のない湖のように彼女を囲んで淀んだ。ただ一度だけ、このはてしない水平線のどこかから、なにやらぼんやりしたものが、意識を滑り抜けていった。ひとつの思いが、ひとつの閃きが。そしてそれが通り過ぎるとき、彼女は自分の昔の生活の、とうに忘れられたさまざまな夢の記憶をその中に認めた。彼女は敵たちの手に捕えられたと思った。恥かしい奉仕をいやでもしなくてはならなかった。その間にもしかし、記憶はすでに薄れはじめ、小さく萎《しぼ》んでいき、それより大きく、はるか彼方のおぼろに煙るその中から、これを最後に幽霊船めくほどくっきりと結びあわされた帆桁《ほげた》と帆綱に似て、ほかの出来事がひとつまたひとつあいつらなって、浮かび出ては遠ざかった。彼女は思い出した。自分がどうしても身を護れなかったのを、眠りの中から叫んだのを、どんよりと重いからだを動かして戦ったそのあげく、力と五感が消え失せていったのを、彼女の人生のこのしまりもない悲惨さのすべてを……しかしそれもやがて過ぎ去り、ふたたび流れ集まる静けさの中に、一点の輝きだけが、息をつきながら引いていくひとつの波だけがのこった。まるでいましがたなにやらえも言われぬものを見たかのように。とそのとき、その静けさからいきなり彼女の上に——昔、彼女の存在のおぞましい無防備が夢の背後でいま一度、遠く、とらえがたく、想像の内でもうひとつの生命を得たのと同じく——ひとつの約束が、憧憬のほのかな光が、今までに感じたこともない柔和さが、ひとつの自我感が降りてきた。この自我感は、無残にも取り返しのつかぬ運命によって赤裸々に被いをはぎとられ、自分自身をさえはぎとられ、いよいよ深い虚脱をよろめき求めながら、同時に、まるで彼女の中へ迷いこんできて、あてを知らぬ心やさしさで完成を求める、愛の片割れのように、彼女の心を惑わした。昼間の、けわしい歩行の言葉の中には、それを表わす単語のまだひとつとしてない、そんな愛の。

その瞬間、彼女には、自分が最後にこの夢を見たのは、ついいましがたの目覚めの前ではなかったのか、それさえもう判然としなかった。何年もの間、彼女はこの夢をとうに忘れ去られたものと思いなしてきた。ところがふと振り返って、ひとつの顔をまのあたりに見つめるように、その時期が自分のすぐうしろに立っていた。そしてこの孤絶した部屋の中で彼女の人生が、歩きまわる足跡が踏み荒らされた地面の一箇所にまた集まってくるのと同様に、自身の内へ流れもどってくる、そんな奇妙な感じをいだいた。クラウディネの背後にはいましがたともした小さな灯が燃え、彼女は顔を暗闇へ向けていた。そしてだんだんに、自分がどんな姿かたちをしているのか、感じ取れなくなり、現在の内にあって自分の輪郭が、暗闇にあいた奇妙な穴にしか見えなくなった。そしてごくおもむろに、自分が現実にはここに存在していないかのように思えてきた。まるで何かしらが彼女の内からひとりはるばるとさまよい出て、空間と年月を抜け、いまどこかしら遠く離れたところで道に踏み迷ってふと目を覚まし、そして彼女自身はじつは依然としてあのとうに消えた夢の感情のもとにたたずんでいるかに……どこかしらで……ひとつの住まいが浮かぶ……男たちの姿が……恐ろしい、がんじがらめの不安……。それから、顔の紅潮する、唇のやわらかくなる感じ……そしていきなり、また誰かがやってくるという意識、ほつれた髪の、両の腕の、日頃と異なる、すでに過去のものとなったはずの感触、自分がこの髪や腕とともにいまだに不実であるかのような……。そのとき、愛する人のために操《みさお》を守りたいと、小心翼々とすがりつく願いの真只中からせつなく差し伸べられた両手をゆっくりと力萎えさせながら、ひとつの思いが浮かんだ。〈あたしたちは、お互いを知りあうその前から、お互いを裏切りあっていた〉と。それはなかばしか存在しない静けさの中から輝き出る思い、ほとんどひとつの感情にすぎなかった。それは不思議に快い苦さ、海から起る風の中にときおり潮の香のそこはかとなく漂う、そんな苦さだった。いや、それは、〈わたしたちは、お互いを知りあうその前から、お互いを愛しあっていた〉という思いとほとんど変りがなかった。彼女の内で突然、愛のはてしない緊張が、現に在るものを超えて、はるばると不実の中へ伸びていくかのようだった。そこからかつて愛が、あたかも永遠にお互いの間にとどまるそれ以前のかたちから、二人のもとへやってきたそのところへ。

彼女は椅子に沈みこみ、長いこと痺れたように、裸の椅子に坐って裸のテーブルにむかっていることのほかには何ひとつ感じなかった。それから心に浮かんだのは、どうやらあのGのこと、旅の前に伏せた言葉でかわされたあの会話、そして一度も口には出されなかった言葉のことのようだった。またしばらくして、窓の隙間から湿って柔らかな雪の夜の空気が吹きこんで、むきだしの肩を黙ってやさしくなぜた。そのとき、彼女はいかにも遠く哀しく、一陣の風が雨に黒く濡れた野を渡ってくるように、物を思いはじめた——不実であること、それは雨のようにひそやかな、天のように大地を覆う悦び、不可思議にも生をつつみ取る悦びにちがいない……と。

その翌朝から、独特な過去の雰囲気があらゆるものの上を覆った。

クラウディネは寄宿舎を訪れる予定だった。朝の目覚めは早くて、澄んだ重い水の下から浮きあがる心地だった。昨夜心を揺り動かしたことどもについて思い出させるものは、もう何ひとつなかった。彼女は鏡を窓の前に移して髪を結いはじめた。部屋の中はまだ暗かった。ところが、こうして小さな映りの悪い鏡の前で目を張りつめて髪を結っているとその自分が、日曜日の外出のためにおめかしをしている田舎の小娘のように感じられた。この化粧がこれから会うことになる教師たちのための、あるいはおそらくあの男のための身仕度であることを、彼女は強く感じさせられ、それきりこのつまらない想像をはらいのけられなくなった。もちろん心の内では、彼女はそんな想像など、どうとも思わなかったが、それは彼女のすることなすことにまつわりつき、あらゆる動作が愚かしい、これ見よがしのわざとらしさをいくらか帯びるようになり、そのわざとらしさはゆっくりと、不快に、とめどもなく、表面から心の奥へしみこんでいった。しばらくして彼女は髪を結う手をとめた。しかし結局のところ、どうしても済まさなくてはならないことをこれ以上さまたげさせるには、あまりにばかげた思いだった。その思いはそれより先へは進まず、そこで揺れ動きながら、戒めと本意と不本意のいりまじった、とらえがたい感情とともに、現実の決断とも違った、より漠とした、よりゆるい連鎖をなして化粧の動作につきまとい、そして手が柔らかな髪の間にわけいり、朝着の袖が白い腕を滑り、化粧がつづけられているその間、彼女にはまたしても、いつぞやも、昔はいつでも、こんなふうだったと思えてきた。そしていきなり、自分の手がいまこの目覚めの、朝のうつろさの中で上へ下へと動くさまが、自分の意思には従わず、なにかどうでもよい、見も知らぬ力に従っているかのような、奇妙なものに見えた。するとき昨夜の気分がまわりにゆっくり立ち昇りはじめ、さまざまな過去の記憶が中途まで昇っては沈み、まだほとんど忘れていないこれらの体験の前に、緊張が一枚のふるえる幕となって掛かった。窓の外が明るく、不安げになり、クラウディネはこの一様で無表情な光を見つめていると、まるでわざと手をはなして、銀色に光る泡と、大きな目をして浮かぶ見なれぬ魚たちとの間をゆっくりと、誘いながら沈んでいく、そんな動きを覚えた。こうして一日が始まった。

彼女は一枚の紙をとって、夫にあてて書いた。

「……何もかもおかしなぐあいです。二、三日もしたら落着くでしょうが、なんだか自分を超えた高いところで何かへ巻きこまれてしまったような気持がします。あたしたちの愛とは、教えてちょうだい、それは何なの。助けて、あなたに教えてもらわなくては。それは塔のようなもの、とはわかってます。でもあたしには、ほっそりと伸びた尖端の、そのまわりの顫えしか感じ取れないような……」

この手紙を出そうとしたが、局員は通信が不通になった旨を告げた。

それから彼女は街はずれまで行ってみた。銀世界が小さな街を囲んで海のようにひろがっていた。ときおり一羽の鴉が雪景色を横ぎって飛び、ときおり一本の灌木が黒く現われた。そしてはるか下のほう、視界のつきるあたりでようやく、小さな、黒い、まとまりのない点をなして、生命のいとなみがまた始まっていた。

やがて彼女は引き返し、街の表通りをたぶん一時間ほども落着きなく歩きまわった。小路という小路に入り、しばらくすると同じ道を返し、またその道を捨てて今度は街の反対側にむかって歩き、ほんの数分前に通り抜けたときの感じのまだのこる広場をいくつか横切った。いたるところで、熱にうかされた時の空虚《うつろ》なはるけさが白い濃淡をなして、この小さな、現実から隔絶された街の中を走り抜けた。家々の前には雪の塁壁が高く積まれ、空気は澄んで乾いていた。雪はまだ降っていたが、いまではもうまばらになり、ほとんど乾いてきらきらと輝くひらたい雪片をなして、いまにもやみそうに落ちていた。ときおり家々の閉ざされた戸口の上で窓がいかにも澄んだガラスの青をして表通りを見おろし、足もとの雪もガラスの澄んだ音をたてた。ときおり堅く凍りついた雪のひと塊が屋根の庇から落ち、数分の間、静けさの中にあいた荒い破れ目がそのまま見つめているような、そんな感じがのこった。いきなりどこかで家の壁がばら色に、あるいはカナリヤのような淡黄色に輝きはじめた……すると彼女には自分のふるまいが、異様な鮮やかさをおびて、奇妙なものに見えた。物音ひとつせぬ静けさの中で、一瞬、目に見えるもののすべてが、どこかほかの風景の中に、こだまのごとく繰り返されるかに思われた。やがてあたりのすべてはふたたびおのれの内へ沈みこみ、家々は彼女のまわりに不可解な小路をなして、森の中で茸《きのこ》が並んで生える、あるいは灌木の一群がひろびろとした野づらにうずくまるようにつらなった。しかしいかにも大きな、眩暈を誘う心持が彼女にはなおもした。なにやら火のようのもの、焼けつくほどにからい液体のようなものが、彼女の内にあった。そして物を思いながら歩いていると、彼女は巨大な不思議な器となって表通りを運ばれていくかのようだった。いかにも薄手の、燃える炎をあげる器となって。

それから彼女は手紙を破り棄て、正午まで寄宿舎で教師たちと話をした。部屋の中は静かだった。席について深い陰気なアーチを通して戸外を眺めると、戸外はひろびろと、灰色の雪あかりの帳《とばり》をかけられ煙って見えた。すると、人間たちの姿が奇妙に肉感的になり、どっしりと重く、輪郭が際立った。それを相手に彼女はごく事務的なことだけを話し、ごく事務的なことだけを聞いた。しかしときおり、それさえもほとんどひとつの自己放棄と思えた。彼女は驚いた。なぜといって、ここの男たちに彼女はなんの好意も覚えなかった。彼女は自分の心を惹きつける点をたったひとつも見つけだせなかった。本来なら、どの男からも、低い階層をあらわすさまざまな特徴によって、彼女にただ嫌悪をもよおさせるばかりのはずだった。それにもかかわらず、彼女は彼らから男臭さを、異性のものを、どうやら今までに体験したこともない、あるいはただ長いこと忘れていた鮮やかさで、感じ取るのだった。巨鈍な穴居獣の臭いのように、男たちのまわりをそこはかとなく流れるものの正体は、薄明りの中でどぎつくなった面相の、鈍くて凡庸なままにその醜悪さによってほとんど不可解なまでに誇張された印象だと、彼女は見て取った。そして徐々に、ひとりで旅立ってからというものくりかえし感じてきた、あの古い無防備感をここでも見出した。独特な屈辱感が彼女の立居振舞いにいちいちつきまといはじめた。話題のささやかな転換にも、やむをえずとっている傾聴の姿勢にも、それればかりか、そもそもここに坐って話をしているというそのことにも。

クラウディネは不機嫌になり、長居をしすぎたと思った。この部屋の空気と薄暗さを、息苦しく、心を掻き乱すものに感じた。そしていきなり、これがはじめて、彼女はこう考えはじめた。自分は、今まではただ夫のもとから離れたことがなかっただけのことであり、いま一人になったかならぬうちに、実際に過去の中へ逆もどりしはじめたのかもしれない、と。

彼女がいま感じていることは、もはやただ漠然とかすめて過ぎる感情ではなくて、現実の人間たちに結びつけられていた。にもかかわらず、それは彼らにたいする恐れではなくて、彼らの談話が彼女をつつんでいるその間、彼女の内で何かがひそかに動き、かすかに揺らいだかのように、彼らを感じたという事実への恐れだった。どの感情というのでもなく、あらゆる感情の根柢が揺れ動いた。他人の住居の中を、嫌悪を覚えながら、通り抜けていくのに似ていた。嫌悪を覚えながらも、ごくおもむろに、どんな心地で彼らは、こんなところで幸福にしていられるのかしら、とすでに想像が萌しかける。そして、自分が彼らの一人であるかのような、そんな感じに抱きすくめられる瞬間が来る。怖気をふるって跳びすさりたいと思う、それなのに身がこわばって、世界がこの中心点のまわりにも静かに四方を閉ざしているのを感じる……。

鈍い光の中で、黒服を着て口髭をはやしたこれらの男たちが、彼女にとってはいかにも遠い生活感のつくりなすほの暗い球体の、その内に閉じこめられた巨大な像に見えた。そして、わが身のまわりにこんな球体の閉じるのを感じるのは、どんな気持だろうか、と思い浮かべてみようとした。だがその思いはたちまち混沌とぬかるむ地面に落ちたように沈んで、やがてひとつの声しか聞こえなくなった。その声は喫煙のためにしゃがれ、喋る間たえず彼女の顔のまわりをかすめる煙草のけむりの中に、その言葉は埋もれていた。それからもうひとつ澄んだ、ブリキのように高い声が聞えた。彼女は自身の声が欲情の中でこなごなに砕かれて深みへ滑り落ちていくときどんな音《ね》をたてるか、それを思い浮かべてみようとした。それからまた、ぎごちない動きが起って、奇妙に身をくねらせながら、自分の感覚を手もとにひきよせた。荒唐無稽な半獣神を彼女は感じ取ろうとした、まるでそんなものを信じている女のように。彼女の生活にはすこしも縁のない、見なれぬ生きものが、毛むくじゃらの、気の遠くなる臭いを吹きかける獣が、彼女の前に真近から大きく、おおいかぶさるように立ちはだかる。そして彼女はただもう鞭をとってまっこうから振りおろそうとしたと思われたそのとき、からだがふいにきかなくなり、何とは見抜けぬままに、親しい陰影の動きを、どこかしら自分に似たその顔に認める……。

そのとき、彼女は心ひそかに思った。〈あたしたちは、あたしたちのような人間は、ことによるとこんな人間たちとも暮せるのかもしれない……〉と。それは独特なふうに心を苦しめる魅惑、どこまでも伸びて行こうとする頭脳の快楽だった。一枚の薄い透明なガラスのようなものがその前にはさまり、彼女の思いはせつなくそれに身を押しつけて、むこう側の定かならぬ濁りの中へ目を凝らした。その時でも自分が男たちの目をしっかりと、あぶなげなく見つめられることを、彼女はうれしく思った。それから夫のことを、あえて隔てをおいて、この男どもの目から眺めるように思い浮かべようとした。しごく平静に夫のことを思うことができた。いつにかわりなく不思議な、比類のない人だった。しかし何かはかりがたいもの、理性ではとらえがたいものがその内からすでに消えており、その姿は彼女にとっていくらか色あせて、それほど近くはなくなった。ときおり、病気が最後の峠にさしかかる直前、こんなふうに冷やかな、関係の失せた鮮明さの中に身を置くことがあるものだ。ところがそのとき、彼女はふと気づいた。なんと奇妙なことだろう。今もてあそんでいるのと同じような気持を、自分はいつか実際に経験したことが、あったのかもしれない。夫のことを、ちょうどいま妄想しようとしているのと同じ姿で、やはり平然と、何ひとつ疑問に心をわずらわされることなく、感じていたような時期があった。そして彼女には何もかもわけのわからぬものに思えてきた。

　人は日々、きまった人間たちの間を、あるいはひとつの土地、ひとつの街、ひとつの家の中を歩んでいく。するとこの土地やこの人間たちはたえずついてくる。来る日も来る日も、ひとあし歩むたびに、物を思うたびに、さからいもせずについてくる。ところがある日、これらのものがふっと歩みを停め、不可解にも固く静まりかえり、絆を解かれ、なにやらよそよそしい、頑固な感じにつつまれて立つことがある。そして人は自身をふりかえると、それらのもののそばに、一人の見も知らない人間が立っている。そのとき、人はひとつの過去をもつのだ。しかし過去とはなんだろう、とクラウディネは自問し、それきり、いったい何が変わったのやら、わからなくなった。

このときでも、変わったのは自分自身だと言えばこれほど簡単な答えはないと、彼女にはわかっていた。ところが何事も変わるということを理解しようとして、なにやら奇妙にその理解をさまたげるものを彼女は感じはじめた。おそらく、ものごとの意味を定める大きな連関というものは、独特なさかさまの道理によってしか体験できないのかもしれない。それにしても、かつては肉体のように親しく自身をつつんでいた過去を、今では無縁のものに感じることができるという、移り気の軽々しさが、彼女にはいまや理解できない。また一方では、そもそも今とは違った何かが、かつてありえたという事実が、理解しがたく思える。これはどういうことなのか、と彼女はこだわった。人はときおり遠くに何かを見る。無縁のものだ。やがてそちらへ近づいていく。そしてある地点まで来ると、それはむこうから生活の圏内に踏みこんでくる。ところが、今まで自身のいた場所は、今では妙なふうに空虚なのだ。あるいは、昨日自分はこれこれのことをしたと思い浮かべてみるだけでよい。すると、瞬間というものはどれも深淵のようなもので、その向こう岸にはいつでも一人の病んだ、無縁の、色あせていく人間が置きのこされる。人はただそのことに思いをやらない。そして突然、またたくまに明るんだ意識の中で、彼女は自分の全生涯がこの不可解な、たえまない心変りに支配されているのを見た。たえまない心変りによって、人はよそ目にはいつでも同じ人間のままに映っていながら、たえず自身から脱れ去り、しかもなぜそうするかを知らない。それでいて、その中にひとつの心やさしさを、一度として用いられたことのない、意識を遠く離れた、最後の心やさしさを予感している。それによって、おこないのすべてよりも深いところで、自身と結びつく、心やさしさを。

この感情がなおも彼女の内にその奥底も露わに透明な光をほのかにひろげるその間、彼女には、今まで自分の生を上のほうへ、自分を中心に旋回するようにして支えあげてきた現実の確かさがいきなりまた、その支える力を失ったかに感じられた。彼女の人生は幾百もの可能性へわかれて、前後して置かれたさまざまな生の書割りのように左右へ引かれ、その間にひらいた白い、空虚《うつろ》な、落着かぬ空間の中に、教師たちの姿が暗い定かならぬ物体と浮かびあがり、何かを求めながら沈んできて彼女を見つめ、彼女の席の上に重くのしかかった。すると、遠来の上流婦人のうちとけぬ微笑みを浮かべて外見の内にたてこもり彼らの前に坐っていても、内から見れば偶然な存在でしかない、偶然な事実といういくらでも取りかえのきく被いにつつまれてかろうじて彼らから隔てられている自分に、彼女は一種哀しい喜びを覚えた。そして唇から言葉がすばやく意味もなく飛び出してきては、ひとすじの糸のように無表情にするすると流れ去るのを聞くうちに、ひとつの思いがおもむろに彼女の心を乱しはじめた。もしもこの男たちの一人のまわりにひろがる体臭が彼女をつつみこんだとしたら、彼女はそのとき、自分のおこなうところのものに、現実にまたなりもするだろう。この現実というものが取るに足りぬものに思えた。それはときおりどうでもよく形づくられる瞬間の裂け目から迸《ほとばし》り出てくるものにすぎず、この瞬間の裂け目の上を、人は自身からも隔てられて、けっして現実とならぬものの流れに運ばれていく。その孤独な、世界を遠く離れて心やさしく響く声を、誰一人として聞く者はない。愛する不安からたった一人の人間にすがりついていることにほかならぬ、この自分の揺るぎなさが、このとき彼女にとっては、恣意のものに、本質的ではなくてただ表面的なものに思われた。この孤独を通りぬけて、もはや出来事というもののない究極の内面性に至り、そこで互いのものになるというはかり知れぬ愛のいとなみについての、理性によってはほとんど捉えられぬ予感にくらべれば。

そしていま、あの参事官の姿が浮かんだとき、それはすでに心をそそるものとなっていた。あの男が彼女のからだを求めていることを、彼女は悟った。そしてここではまださまざまな可能性との戯れでしかないものが、あの男のもとでは現実となるかもしれないということを。

一瞬、彼女の内でおののくものがあり、彼女を戒めた。獣姦という言葉が浮かんだ。あたしは獣と淫らごとをおかすことになるのだろうか……。その奥にはしかし彼女の愛の試みがひそんでいた。

〈あなたが現実の中で思い知るよう、あたしは、あたしはこの獣に身をゆだねる。この想像もつかぬことを思い知るように。現実の中ではもう二度とあたしのことを固く単純には信じられなくなるように。あなたがあたしを手ばなすやいなや、あたしがあなたにとって幻影のようにつかみがたい、とりとめようもないものになってしまうように。ただの幻影、そうなの、わかってくれるわね、あたしはあなたの中にあって初めて何ものかなの、あなたを通じて初めて何ものかなの、あなたがあたしをしっかりとつなぎ留めているそのかぎり。そうでないときは、あなた、とてもおかしなぐあいにひとつにまとまった何かなの……〉

情事をこころみる者の、かすかな、不実な悲哀が、彼女をとらえた。その悦びのためではなくて、ただそれを済ますためにおこなう、行為の憂愁が。参事官がいまごろどこかに立って待っているのを、彼女は感じた。彼女のまわりの、狭められた視野が、すでにあの男の息で満たされていくかに思われ、すぐ身近の空気があの男の体臭を帯びはじめた。彼女は落着かなくなり、帰りじたくをはじめた。きっとあの男に落ち合うことになるだろう、と感じると、それが起るだろうその瞬間の想像がからだを冷たくつかんだ。何かが彼女をつかんで、扉のほうへ引きずっていく。その扉がやがてぱたんと閉じることになるのを、彼女は知っていた。そしてその想像に抵抗しながら、すでに五感をさしのべて、やって来るものへ耳をすました。

男に出会ってみると、相手はもう彼女にとって初対面の域にはなくて、内へ押し入ってくるばかりのところにいた。それまでの間に男もまた彼女のことを考えて、作戦をめぐらしてきたことがわかった。「あなたにつれなくされることに、僕は甘んじることにしました。しかし僕ほどに無私の心であなたを敬愛している人間もいないでしょうよ」男がそう言っているのをクラウディネは耳にした。彼女は答えなかった。男の言葉はゆっくりと、ことさらに力をこめて押し出された。こんな口説きに落ちるとしたら、どんなかしら、と彼女は感じはかった。それから、「わたしたちはほんとうに雪に閉じこめられたようですね」と言った。何もかも以前にすでに体験したことと思われ、言葉はいつだか彼女が口にしたはずの言葉の跡を、忠実にたどっているかのようだった。自分がいまやっているそのことにはかまわず、彼女はもっぱら現在と過去の区別、いまやっていることが現在であり、それに似たものが過去であるという区別に注意を向けていた。この恣意なるものに。その上にほのかに漂う、偶然で親《ちか》しい感情に。そして自分自身を、過去と現在がその上に小波《さざなみ》となって寄せては返す、広大で不動なものと感じた。

しばらくして参事官が言った。「あなたの中でためらうものがあるのを、僕は感じる。僕はこのためらいの何たるかを知ってます。どの女性も生涯に一度はその前に立たせられるのです。あなたはご主人を大事に思っておられる。ご主人を苦しめたくはないとたしかに思っておられる。そこで、ご自身を閉ざしてしまわれる。しかしほんとうは、あなたはせめてつかのまなりともそんな思いから自由になって、烈しい嵐をも体験なさるべきではないでしょうか」と。またしても彼女は沈黙を守った。その沈黙を相手がどんなふうに誤解せずにいないかはわかったが、それも妙に心地よかった。自分の内には、行為には表わされず、また行為からは何ひとつこうむらぬものがある。言葉の領分よりも深いところにあるので、おのれを弁明するすべも知らぬ何か、それを理解するためには、まずそれを愛さなくてはならない、それがおのれを愛するように、それを愛さなくてはならない何か、ただ夫とだけ分かちあっているそんな何かが自分の内にあることを、彼女はこうした沈黙を守っていると、いよいよ強く感じた。それは内なる合一だった。それにひきかえ自分の存在の表面は、彼女はこれをこの縁もない男にゆだねて、男が醜くゆがめていくままにまかせた。

そんなふうに、彼らは歩きながら言葉をかわした。その間、彼女の感情の内にはなにやら身を乗り出していく動きがあり、それにつれて愛する人に所有されているという不思議さがいっそう深く感じられるような、眩暈を覚えさせられた。ときおり自分が、たとえ他人の目にはいつに変わらぬ姿に映っていようと、すでにこの男の求めるとおりの女になっているかに思われた。またときおり、まだうら若かったころのさまざまな戯れや思いつきや心の動きが、内で目覚めたかに思われた。すべて、とうに卒業してしまったと思いなしていたものどもだった。すると男は言ったものだ、奥さまは才智に富んでおられる、と。

男がそんなふうに喋りながらそばを歩いていると、男の言葉があっけらかんとした空間の中へ流れこんで、その空間をひとりで満たしていくのが彼女には感じ取れた。その中で家々が徐々に、自分たちがそばを通り過ぎるにつれてわずかずつ異なった、実物からずれた、まるで窓ガラスにうつる姿のように現われ出た。そして自分たちの歩む小路も。しばらくすると彼女自身もいくらか変形してゆがんできたが、それでもわれとわが身がわからなくなるほどではなかった。凡庸な人間から流れ出る力を彼女は感じた。それはまわりの世界をそれとは目にたたぬほどにずらし、前へ押し出す、単純な生命の力であり、それがいま男の内から発散して、物たちをその表面へとねじむけていった。こうして鏡のように滑る世界に、彼女は自分の映像をも見出して困惑した。もしもいますこし抵抗をゆるめれば、自分はたちまちこの映像になりきってしまうにちがいない、とそんな気がした。すると男は言った。「信じてください、それは習慣にすぎないのです。もしもあなたが十七か十八で、実際のことは知りませんが、かりに十七か十八でほかの男性と知りあって結婚なさっていたとしたら、今ごろはご自分を現在のご主人の妻として思い浮かべることが、おとらず難儀なことだったでしょうよ」

彼らは教会の前までやってきて、ひろびろとした広場にただ二人大きく立った。クラウディネは目をあげた。参事官の身ぶりが虚空へ突き立った。すると一瞬、幾千となく組みあわされて彼女の肉体を形づくる結晶が互いに離反を起こしたかに彼女には思われた。散乱して落着きのない、細かに砕かれてほのかに輝く光が、彼女の肉体の内に昇ってきた。おなじ光を浴びて、男は一度に異なった姿に見えた。男のからだの線という線が彼女にむかって、彼女自身の心臓のようにおののき寄せてきた。男の興奮が彼女の肉体の表面を走るのを、彼女は内側から感じた。この男は誰なのだろう、と彼女は自分に叫びかけようとした。しかしこの感情は実質のない、とりとめのない光に似たものにとどまり、独特なふうに、彼女のものではないかのように、彼女の内に漂った。

次の瞬間には、明るく煙りながら消えていくものだけがあたりにのこった。彼女はあたりを見まわした。広場を囲んで家々が静かにまっすぐに立ち、教会の塔の鐘が時を打った。豊かな高い響きが四方の壁の小窓からほとばしり、降るうちにほどけて、家々の屋根の上をかろやかに越えていった。この鐘の音ははるばると響きながら大地を渡っていくにちがいない、とクラウディネは思いやった。そして戦慄とともに感じた、さまざまな声が世界を渡っていく、と。まるで青銅でできた、鳴りどよめく都市のように、たくさんの塔をもって重々しく、理性とは異なるものが……。それはひとつの独立した、とらえがたい感情の世界であり、日常の理性の世界とはもはや気ままにしか、偶然にしか、つかのまひっそりとしか、結びつかない。雲ひとつなく静まりかえった空をときおり渡る、あの底知れず深い、柔らかな翳《かげ》りのように。

何かが彼女を囲んで、見つめているかのようだった。彼女はかたわらの男の興奮を、感覚の失せた遠方で鳴り騒ぐもの、ただひとり暗くのたうつものと感じた。この男が彼女に求めている、見かけではもっとも烈しいはずの行為も、じつはまったく没個人的なものなのだと、しだいに思えてきた。それはこうして見つめられていることに、ただ愚鈍に見つめられていることに、変わりがない。ちょうど不可解な力によってひとつの偶然な図形へまとめられたいくつかの点が、空間の中で互いによそよそしく見つめあうのと同じに。その思いに彼女は身をすくめた、そして自身がそのような一点であるかのように、小さくなっていった。その間にも、彼女は奇妙な自己感をいだいた。それはもはや彼女という人間の精神性や自尊心とすこしもかかわりのない自己感であり、しかもなおいつもと変らぬ自己感だった。目の前に立つこの男は醜いまでに凡庸な精神の持ち主だという意識が、彼女の心から一度に消えた。はるか遠い野面《のづら》に立つ心地に彼女はなった。まわりにはさまざまな音が宙に立ち、空には雲が静かに浮かんで、それぞれおのれの場所と瞬間に耽りこんでいる。彼女ももはやそのような雲、そのような音、ただ渡り行くもの、鳴り響くものにほかならない……。獣たちの恋を彼女は理解したと思った。雲や物音の恋を。そして参事官の目が自分の目を探っているのを感じ、怖気をふるい、自分を取りもどそうとしながら、いきなり衣服を、自分にのこされた最後の心やさしさをつつむ外被と感じ、その下に自分の血を感じた。その血の鋭く震える香りを嗅いだように思った。そしてやがて投げ出すことになるこの肉体と、肉体の感触としてこのもっとも精神的な、現実を超えて憧れ出る魂の感触、この最後の喜悦とのほかには、もはや何ひとつとして持たなかった。この瞬間、彼女の愛は途方もない冒険となりつつあるのか、それともすでに色あせて、かわりに官能が物見高い窓のようにひらいていくのか、彼女にはわからなかった。

それから彼女は食堂にいた。晩になっていた。彼女は孤独を感じた。すると一人の女が声をかけてきた。「お昼すぎにお宅のお嬢ちゃまにお目にかかってきましたわ。お母さまのおいでをお待ちでしたよ。愛くるしいお子さまだこと。さぞやおかわいいことでしょうね」と。クラウディネはその日、あれから二度と寄宿舎へ行っていなかった。しかし彼女には返事ができなかった。彼女はいきなり、からだのどこか感覚のない部分だけで、たとえば頭髪とか爪とか、あるいは自分のからだが角質からできているかのように、これらの人間たちのあいだにいる気がした。それでも適当な返事をしながら、口にする言葉がすべて袋か網かの中にとらえられていく想像をいだいた。遠い人間たちの言葉の間にあって、自分自身の言葉こそ、彼女には遠く感じられた。ほかの魚たちと冷たい肌を接した魚のように、彼女の言葉はさまざまな意見の、言葉とはならぬ混乱の中でもがいていた。

彼女は吐気にとりつかれた。彼女はまたしても感じた。自分のことで、口で語れる、言葉で説明できることが、それが大事なのではなくて、あらゆる釈明はまったく違った何かの中に、ひとつの微笑、ひとつの沈黙、内なる声への傾聴の中にあるのだ、と。そしてあの唯一の人にむかって、言いようのない恋しさを覚えた。彼もまた孤独であり、彼もまたここでは誰にも理解されぬことだろう。しかもあの柔和な心やさしさ、流れ動く形象に満たされた心やさしさのほかには、何ひとつ持たない。しかしこの心やさしさは病熱の霧煙のように、物たちのかたい衝撃を受けとめて、外側の出来事をすべて、大きな、おぼろな、平板な影のままにうち捨て、内側ではあらゆるものを、あの永遠な、不可思議な、あらゆる姿勢で落着く、孤独の平衡の中に漂わせる。

しかしいつもならこれに似た気分の中ではこういう部屋が人間たちともども、たったひとつの熱い、重い、回転する塊となって彼女をつつみこむものなのに、ここではときおり物がひそかに静止して外へ流れ出し、それからおのれの場所に跳びもどり、そして気むずかしげに彼女を拒んだ。棚やテーブルが。これらの見なれた物たちと彼女との間で、何かが異常をきたし、物たちは不確かな、揺らぐようなところをあらわした。汽車の中で感じたあの醜悪さが甦った。それは単純な醜悪さではなくて、彼女の感覚が物たちにつかみかかろうとして、物たちの間をすりぬけてしまう、そんな感じだった。彼女の感覚の前にいくつもの孔《あな》があいた。彼女の内のあの最後の平静さが夢うつつにおのれを見つめはじめてからというもの、いつもはそれとも気づかれぬままに物たちが彼女の感覚の内に根をおろしているそのところで、何かがゆるんでしまったかのようだった。さまざまの印象がひとつながりの響きとなるかわりに、外界は頻繁な中断のおかげで、彼女のまわりではてしないざわめきと化した。

それを通じて何かが内に生じてくるのを、彼女は海辺を行く気持に似ていると感じた。自分が無感覚になるのを感じながら、潮騒の内へ入っていくと、瞬間の一点をのこしてあらゆる行為と想念とがひきさらわれていく。しだいにおぼつかなくなり、自分の境を限り自分を感じ取ることがおもむろにできなくなり、やがて自身が溶けて流れ出す——叫んでみたいという願望、信じられぬほど奔放な興奮を求める欲望の中へ。何かをしたい、ただそれによって自分を感じ取るだけのために際限もなくやってみたいという、根もないままに内から生い出てくる欲求の中へ。この喪失の過程には、あらゆるものを吸い取り、貪《むさぼ》り荒らす力がひそみ、あらゆる瞬間がまるで野生の、全体から切り離されて無責任になった孤独となり、記憶もなく、うつけた目で世界を見つめる。それはさまざまな身ぶりや言葉を彼女の中からひっぱりだし、それらの身ぶりや言葉は、どこかから来て彼女のそばをかすめ過ぎていくが、それでもまだ彼女自身のものではあった。参事官はそんな彼女の前にすわり、彼女の肉体の自愛の情を内に匿《かくま》い支える何かが、彼のほうに近づいてくるのを、感じ取っている様子だった。そして彼女は、男が眠気をそそる一本調子でしゃべるその間、その髭が上へ下へ、含み声の言葉を食《は》むおぞましい山羊の髭のように、たえまなく動くさましか、もはや見ていなかった。

そんな自分が彼女には何とも哀しかった。同時に、このようなことがとにかく可能なのだという思いは、揺れさわぐ苦しみとなった。すると参事官は言った。「お見うけするに、あなたは嵐にひきさらわれるよう運命づけられた婦人の一人のようだ。あなたは誇りが高くておいでだから、それを隠そうとなさる。しかし信じていただきたい、婦人の心理に通じた者の目はだまされません」と。たえまなく過去の中へ沈んでいく気持がした。しかしあたりを見まわすと、彼女は深い水のように層をなして重なる魂のさまざまの時期を横切って沈んでいきながらも、物たちの偶然なことを感じた。それは、物たちがいまでは偶然な存在に見えるということではなく、偶然の相がまるで物たちの確固とした一部であるかのように、寿命が尽きてもひとつの顔から離れまいとする感情のように、不自然に爪をつきたてて物たちにしがみついているということだった。そして奇妙だった。静かに流れる生起の脈絡の一環がいきなり破れて横へはみだしてしまったように、あらゆる顔とあらゆる物が徐々に、偶然で瞬間的な現われの中で硬直していき、異常な秩序によってはすかいに結びつきあった。そして彼女ひとりが、揺らぎひろがった感覚をかかえて、これらの顔と物の間を滑っていく、滑り落ちていく。

彼女の人生の、長年にわたって編みなされてきた感情の大きなまとまりが、この混沌の背後のどこか遠くで一瞬さむざむと孤立して露呈し、ほとんど価値のないものに見えた。彼女は思った。人はひとすじの線を、とにかくまとまりがあるというだけの線を刻みこんで、それによって、黙々と突き立つ物たちの存在の間で自分自身にすがりついていようとする。それがわたしたちの人生なのだ。それはちょうど幕なしに喋りたてながら、どの言葉も前の言葉につながり次の言葉を呼びよせると、自分で自分を欺いているのと同じこと。それというのも、ふっつりと言葉が途切れて沈黙が生じるその瞬間、思いもよらぬ眩暈に襲われて、静けさのために分解してしまうのではないか、と恐れるからなのだ。しかしそれは自分のおこなっているすべての偶然性、ぱっくりとおぞましい口をひらいた偶然性への恐れと無力感にすぎない……。

参事官はさらに言った。「それは運命なのです。動揺をもたらすことをおのれの定めとする男たちがいる。動揺には身をひらくよりほかにない、そこから身を守るすべはない……」と。彼女はほとんど聞いてはいなかった。彼女の思いはその間、遠い奇妙な対象の間を歩んでいた。彼女はたったひと跳びで、たった一度の大きな無造作な身ぶりでここをのがれて、愛する人の足もとに身を投げたかった。まだそれができたはずだったのに、と彼女は感じた。しかし何かが彼女を、叫びたてようとする、力ずくへ走ろうとする衝動の前で立ち止まらせた。地にしみこんでしまいたくないばかりに流れようとする。生活を失ってしまいたくないばかりに抱きしめる。あげくには、ただいきなり途方に暮れて沈黙してしまいたくないばかりに歌う。彼女はそれを欲しなかった。なにやらためらいがちの、物思わしげに語られる言葉が、目の前に浮かんだ。皆のように、沈黙を感じ取らずにいるために叫ぶのはやめよう。歌うのもいけない。ただささやくだけ、静まりかえるだけ……そして虚無、そして空無……。

一度、ゆっくりと音もなく身を押し出し、縁から低く乗り出すような、心の動きがあった。すると参事官は言った。「芝居はお好きじゃありませんか。僕はこの芸術において、日常的なものの憂さを忘れさせてくれる、あの良き結末の巧みさを愛する者です。人生はわれわれを欺いて、じつにしばしば最終幕を取りあげてしまう。だがこれは味気ない自然というものじゃありませんか……」

その声を彼女はいきなりすぐ近くに、はっきりと聞いた。まだどこかしらにあの手が、かつがつに補われる温みが、〈あなた〉という意識があった。しかしそのとき彼女は手を放した。そしてひとつの確信が彼女を受けとめた。いまでもまだお互いに最後の者でありうる。言葉も失ない、信じあうこともなく、それでも互いにひとつになって死ぬほど甘美な軽やかさをそなえた一枚の織物となり、まだ見出されぬ趣味のために織りなされたアラベスクとなり、それぞれひとつの音色となり相手の魂の内にだけひとつの音型を描き、相手の魂が耳を傾けぬところにはどこにも存在せず……。

参事官は立ち上がって、彼女を見つめた。彼女はこの男の前に立っている自分を感じた。そして遠くにあのたった一人の恋人を感じた。あの人はいま何かを考えているかもしれない、でも何を考えているのか、自分には知るすべもない、と彼女は思った。同時に彼女自身の内で、分け入る道もないひとつの感情が、肉体の闇に守られてゆれ動いた。この瞬間、彼女は自分の肉体を、おのれの感じ取るすべてを故郷《ふるさと》のように内に匿うこの肉体を、不透明な束縛と感じた。ほかの何よりも親しく彼女をつつみこむこの肉体の自己感覚を、彼女はいきなりひとつの脱れられぬ不実、愛する人から彼女を隔てる不実と感じた。そして自分の上にぐったりとのしかかる未知の体験の中で、彼女には肉体によって守られているこの最後の貞操が、どこやら不気味な奥底で、その反対のものへ転じていくかに思われた。

おそらくそのときでも、彼女は愛する人にこの肉体を捧げたいという願いのほかには何ひとつ心になかった。しかしさまざまな精神の価値の根深い揺らぎに戦慄させられて、その願いはあの縁もない男への欲求のごとく彼女をとらえた。それでもたとえこの肉体において、自分を砕き去る暴力をこうむることになろうと、なおかつこの肉体を通じて自分を自分として感じることだろう、とその可能性を見つめ、あらゆる精神の決断を微妙に避けるこの肉体の自己感覚の前で、暗く空虚《うつろ》に彼女をつつみこむものを前にしたようにおののきながら、彼女はおのれの肉体にせつなく誘われた。この肉体をつきはなしてみたいと。官能に溺れてわが身を守るすべも知らず、無縁の男にこの肉体を組み伏せられ、ナイフで裂かれるようにひらかれるのを感じたい、この肉体を恐怖と嫌悪と暴力と不本意な身悶えとに満たされたい、と。こうして、奇妙にも最後の誠実さにまでうちひらいた貞操の中で、この虚無のまわりに、この動揺の、この混沌とした拡散の、この病む魂の静けさのまわりに、なおかつおのれの肉体を、現ならぬ傷口、はてしもなく繰り返しひとつに癒着しようとする痛みの中から、むなしく相手を求める傷口の縁と感じ取るために。

細かな網の目のむこうに一点の光が浮かぶように、彼女の思いと思いの間へ、何かを待ち暮らした長年の暗闇の中から、おもむろに彼女をつつみこみながら、愛の焦《こが》れが、死ぬほどの焦れが立ち昇ってきた。そして彼女は自分がどこか遠くで明るく張りひろげられた思いの中から答えているのを耳にした。まるで参事官の言葉を受けとめたかのように、「あの人はそれをこらえられるかしら……」と。

夫のことを口にしたのは、これが初めてだった。彼女ははっとした。何ひとつとして現実のものとも思えなかったが、しかしいったん口から洩れて生命を得た言葉の、とどめがたい力を、彼女はすでに感じ取った。参事官はすばやくこの言葉をとらえて、「あなたはご主人を、愛していなさるのね」と言った。自分では落着きはらって突きをしかけたつもりの滑稽さが、彼女の目にとまらずにいなかった。しかし彼女は言った、「いいえ、ちがいますわ、あたしはあの人などすこしも愛してません」と。震えながらも決然たる口調だった。

階上の部屋に戻ったときにも、自分の言ったことの意味がまだほとんどわからずにいたが、それでも彼女は嘘の魅惑を、仮面をかぶった不可解な魅惑を感じた。彼女は夫のことを思いやった。ときおり彼のなにかしらが輝き出ると、表の通りから灯のともった部屋を眺める気持がした。それによって彼女はようやく、自分のしていることの何たるかを感じた。彼は美しい姿をしていた。彼女はそばにもどりたかった。するとその光は彼女の内でも輝いた。しかし彼女はまた自分の嘘の中へ小さくなってもぐりこんだ。やがてまたしても戸外に、街頭に、暗闇の中に立った。寒かった。生きていることがつらかった。眺めるすべてが、一呼吸ごとが、彼女をつらがらせた。暖かく輝く球の中へ這いこむように、夫へのあの感情の中へ這いもどることもできた。その中では無事安泰なのだ。そこでは物たちは鋭く尖った船首のように夜の中を突き進むこともなく、柔らかに受けとめられ、抑制されている。しかし彼女はそれを望まなかった。

そして彼女は、前にも一度嘘をついたことがあるのを思い出した。昔のことではなかった。昔ならそれは嘘ではなくて、彼女のありのままだった。もっとのちになって、ある日のこと、ただ〈散歩をしてきた〉、夕暮れに、二時間も、〈散歩をしてきた〉と言ったとき、それは事実であったにもかかわらず、彼女はすでに嘘をついていた。あのとき自分は初めて嘘をついたのだ、と彼女は今になって悟った。いましがた階下の食堂で人の間にいたときと同じに、彼女はあのとき表の通りを、途方に暮れてあちこちへ、迷い犬のようにせわしなく歩きまわっては、家々の内をのぞきこんでいたものだ。どこかの家で男が女を迎えて扉をあけながら、自分のにこやかさに、身ぶりに、歓迎の表情に満悦の様子だった。また別の家では男が妻を伴ってよその家を訪れにいくところで、まさに完璧な品位、完璧な夫、完璧な落着きだった。いたるところに、すべてをひとしなみに浸してひろがる水に見られる、それぞれ小さな渦を巻く中心点があり、周囲に回転を、内ばかりうかがう運動をつくりなし、その運動はどこかでいきなり、盲目的に、窓もなく、どうでもよい他者へ接していた。いたるところに、狭い空間の内でおのれの反響に束《つか》ねられて暮らすさまが見られた。その狭い空間はあらゆる言葉を受けとめて次の言葉まで引き伸ばし、堪えがたいものを耳にしなくてもすむようにしてくれる。というのも、堪えがたいものとは二つの行為の接《つ》ぎ目にひらく隙間であり、深淵であり、人はおのれの自我感からその中へ、どこやら言葉と言葉の間にひらいた沈黙の中へ、たえまなく沈んでいく。しかもこの沈黙は、まったく別の人間の言葉と言葉の間にひらいた沈黙であっても不思議はないのだ。

　あのとき、ある思いがひそかに彼女の心をおそったものだった。どこかしら、この人間たちのあいだに、ひとりの人間が暮らしている、自分にはふさわしくない人間が、あかの他人が。しかし自分はこの人間にふさわしい女にもなれたのかもしれないのだ。もしもそうなっていたとしたら、今日ある〈私〉については、何ひとつ知らずにいたはずだ。なぜといって、感情というものはほかの感情とひとすじに長くつながって、お互いに支えあって、初めて生きながらえるものなのだ。生活の一点がほかの一点に隙間なくつながること、それだけが大切なことなのだ。やり方は幾百となくある。夫を愛しはじめてからというもの初めて、これは偶然なのだという思いが彼女の心をつきぬけた。これは偶然なのだ、これはかつてなにやらひとつの偶然によって現実となった、それ以来、自分はこれをつかんで離さずにいると。このとき初めて彼女は自分というものを、その奥底にいたるまで不明瞭なものと感じ、彼女の愛における究極の自我感に触れた。みずから根を断ち、絶対というものを砕き、もはや顔というものをもたぬ自我感に。それはいつもなら彼女をくりかえし彼女たらしめてくれただろうに、いまでは誰からも区別しなかった。彼女はふたたびものぐるおしい、現実とならぬ、どこにも安住できぬ境へ、身を沈めなくてはならぬ気がした。そしてひとけない表通りのわびしさの中を走り、家々の中をのぞきこみ、自分の靴の踵が敷石を打つ音のほかには、どんな道づれも望まなかった。この音の中に、彼女はただ生きているだけのものにまで狭められて駆ける自分自身を聞き取った。あるときは自分の前に、あるときはうしろに。

それでもあのときはただ崩れ落ちていくものを、現実とはならぬさまざまな感情の影のその背後にあってたえまなく揺れ動くものを、その前では互いにすがりつこうとする力がどれもむなしく滑りのいてしまうのを、そして自分の人生が価値を失って証明しがたいものに、理性ではとらえがたいものになってしまったのを、ただそれだけを悟って、われから入りこんだ袋小路に疲れ、心を乱されて、泣きださんばかりだったのにひきかえ、いまその思いがふたたび彼女の心に浮かんだその瞬間、愛の結びつきの、何がその内にあるのだろうという疑念に、彼女はすでに苦しみ抜いていた。生きるためには欠かせないこれらの妄想、他者を通じてのみ夢の中のように暗く狭まって存在する心、目覚めてはならない小島の孤独、二枚の鏡の間をその背後には虚無しかないと知りながら滑っていく愛の生活、そんな妄想の、透けて見えるほどに薄く破れやすいその中に、愛の結びつきの、何があるのだろう、と。そしていまこの部屋の中で、偽りの告白を仮面のようにつけて、自分の内にひそむもう一人の人間の情事を待ちながら、愛における欺瞞の驚くべき、危険な、奔放な本性を感じた。ひそかにおのれから抜け出して、ほかの人間の手のもはや届かぬところへ、人の忌み避けるところへ、孤独な存在が解けてくずれる境へ、大いなる誠実《まこと》のために虚無の中へ、ときおりさまざまな理念の背後につかのまひらく虚無の中へ、入りこんでいくというこの本性を。

そしていきなり、押しころした足音を耳にした。階段がきしみ、人が立ち止まった。扉の前でかすかに床板をきしませて立ち止まった。

彼女の目は扉のほうへ向いた。この薄い板きれ一枚のむこうにひとりの人間が立っていると思うと、奇妙な気がした。彼女はただ一枚の扉の、この取るに足りぬ偶然な存在の、およぼす力を感じた。その両側では二つの緊張が、互いには見られずに、せきとめられている。

彼女はもう着物を脱ぎおえていた。ベッドの前の椅子の上に、着物はまだいましがた脱ぎ捨てられたままにくずおれていた。今日はこの人間に明日はあの人間に宿りを貸すこの部屋の空気が、彼女の内側から昇る香りと触れあった。彼女は部屋の中を見まわした。箪笥から斜めにさがっている真鍮の錠前を見た。目がベッドの前の、大勢の足に踏みにじられてすりきれた小さな敷物の上にとまった。彼女はいきなり、それらの足の皮膚から染みだしてはまた見も知らぬ人間たちの心の中へ、生家のにおいのように親しく頼もしく、染みこむにおいのことを思った。それは独特な、ふた色の光に顫える想像だった。けうとくて吐気を催させたかと思うと、さからいがたく惹きつけ、まるでこれらすべての人間たちの自愛が彼女の内へ流れこみ、そして彼女には自分のものとして、もはや傍観する目しかのこらなくなったかのような。そして依然としてあの男が扉の前に立ち、ときおりかすかな音をもらして身じろぎした。

そのとき、敷物の上に身を投げ出したいという欲望が彼女をとらえた。身を投げ出して、大勢がのこした気色《きしょく》の悪い足跡に接吻したい、その臭いを嗅いで牝犬のように欲情したいと。しかしそれは官能ではなくてもはや、颪のように吠えるもの、子のように泣き叫ぶものでしかなかった。彼女はいきなり床に両膝をついた。敷物の硬い花模様がからみあって目の前に大きく、鈍い表情でせまり、重い女の太股《ふともも》が、何かまったく無意味な、しかも不可解なほど真剣に張りつめたものとなり、花模様の上へ醜くかがみこんでいるのが見えた。両手は床の上でそれぞれ五本の肢の動物のように互いに睨みあっていた。表の廊下のランプがふいに目に浮かんだ。不気味に黙りこんで天井をさまよう光の環が見えた。壁が、さむざむとした壁が、ひとけない空間が、またしても男の姿が見えた。そこに立って、ときおり身じろぎをしている。木が樹皮をきしませるように。昇った血をうっそうと茂る葉のように頭の内に騒がせて。そして同時に、たった扉一枚を隔てて、彼女はここに這つくばり、それでもどのようにしてか、自分の熟れた肉体の、ふくよかな甘みを感じていた。ひどい傷を負いながらも、つぎつぎに破れて出る醜い変容のかたわらに身じろぎもせずに立つ、あの失われぬ魂の残余でもって。せつなくも絶えず眺めることへ支えあげられ、仆《たお》れた獣のかたわらに。

それから、男が用心深く立ち去っていくのを彼女は耳にした。そして、まだ自分の内から引き剝がれたまま、これが不実なのだと悟った。偽りをただ甚だしくしたものにすぎない、と。

膝をついたままゆっくりと彼女は身を起した。今ごろはもう現実のこととなっていたかもしれない、という不可解さへ目を凝らし、自力によらずに、ただ偶然から危機を脱れた者の身ぶるいを覚えた。そしてこのことを考え抜いてみようとした。自分のからだがあの男のからだの下に横たわるさまを、細い流れとなりあらゆる細部にまで分け入る想像の鮮明さで、思い浮かべた。自分が蒼ざめるのを感じた。身を投げ出すときの顔も赤らむ言葉を、そして抑えこみ覆いかぶさり、自分の上に浮かぶ男の目を、猛禽の翼のように逆立つ目を。そしてその間もひきつづき、これが不実なのだ、と考えた。それからふとまた思った。このままこの男のもとからあの人のもとへもどったら、あの人は、おまえを内側から感じ取れないと言うにちがいない。その返事として彼女にはただ困りはて、信じてちょうだい、あたしたちの間を壊すようなことは何もなかったのよという意味の微笑を浮かべるよりほかにない。にもかかわらず、それを思った瞬間、膝が意味もなく、物のように床に押しつけられ、彼女はそこに自分自身を感じた。何を話そうとどこへ還ろうと、つなぎとめられも、生活の秩序の中へ組みこまれもしない、人間のもっとも内なる可能性の、その哀しい、守りようもない破れやすさをかかえこんで、ただひとりうずくまりこむ自分自身を。もはや何の思いも彼女の中にはなかった。自分のおこないが間違いかどうか、わからなかった。何もかもがただひとつの奇妙な、孤独な痛みとなり彼女をつつんだ。それは空間に似た痛みだった。解けて漂いながらも、なおも柔和な闇をつつんでひとつにまとまり、ひそかに昇っていく空間に似た。その内にやがて一点の強い光がくっきりと、ひややかに輝きのこり、それに照らされて彼女は自分のおこないのすべてを見た。このいかにも烈しい、内から力ずくでつかみだされた、情熱の圧倒の表現を。この途方もない、しかし思い違いの、魂の激昂と自己放棄とを。すべてはすでにくずおれ、小さく、つめたく、つながりもなくなり、下方はるかに、はるかに沈んでいった……。

だいぶたってから、ふたたび用心深い指先が把手をさぐるけはいがあり、男が扉の前で聞き耳を立てているのを彼女は知った。扉のところまで這っていって錠をはずしたいという欲望が、目もくらむ勢いで内に湧きあがった。

だが彼女は部屋のまん中で床に横たわったままでいた。いま一度、何かが彼女を抑えつけた。自分自身についてのおぞましい感じが、昔と同じ感じが。そして何もかも過去への逆もどりにすぎないのかもしれないという思いが、刃物の一閃のように、彼女の四肢の腱を切断した。いきなり彼女は両手を上げ、助けて、あなた、助けて、と心の内で叫んだ。そしてそれが真実の叫びであることを感じた。しかし、そっとなぜて返すひとつの思いがのこっただけだった。〈あたしたちはお互いをめざしてやってきました。空間と年月をひそやかに通り抜けて。そしていま、あたしはつらい道をとってあなたの中へ入りこもうとしているのです〉と。

それから静けさが、はるけさが生じた。四方の壁が破れて、苦しくも堰き止められていた力が流れこんできた。明るく静まりかえる水鏡のように、彼女の生涯が、過去も未来も、瞬間の水位に集まった。どうしてもできないことどもがある、なぜかはわからない、たぶん何よりも大切なことなのだろう、何よりも大切なことだとはわかっているのだ。しかしひどいこわばりが人生の上にのしかかる。硬いしめつけが、寒さの中の指のかじかみのような。ときどきそれは弛《ゆる》むのだ、ときどき、牧草地の氷が弛むように。すると人は物思わしい気持になる。おぼろげな輝きとなって、はるばると伸びひろがりかける。けれど人生が、この骨ばった、事に決着をつけずにはいない人生が、どこやら別なところで、われとわが手足を無造作に鉤《かぎ》で留めてしまう。人は身動きもならない。

彼女は立ち上がった。やらなくてはならないという思いが、声もなく彼女を前へ駆り立てた。手が伸びて錠をはずした。しかし静けさは破れず、戸をたたく者もなかった。彼女は扉をあけて外をのぞいた。誰もいなかった。さむざむとした壁がさむざむとした空間を囲って、暗いランプの光の中で硬直していた。男が立ち去ったのを、聞きぞこねたにちがいない。

彼女は寝床に身を横たえた。さまざまな非難が頭を通り抜けた。すでに眠りに縁どられながら彼女は感じた。あたしはあなたを苦しめている、と。しかしまた奇妙な感情をいだいた。あたしのしていることは何もかも、あなたもしているのだ、と。それからすでに眠りの忘却の中へ沈んでいきながら思った。あたしたちは犠牲にできるものならなんでも犠牲にする、誰にも手のとどかないものによって、互いにいよいよ強く抱擁しあうために、と。ただ一度、一瞬冴えざえと目覚めの中へ打ち上げられて、あの男はあたしたちに勝つだろう、と考えた。でも、勝つとはどういう意味だろう。そのまま彼女の思考はまどろみ、この問いをかすめて、ふたたび滑り落ちていった。やましい心を、彼女は自分に伴う最後のやさしさと感じた。世界をおぼろに深める大きな自己愛が、まもなく死ぬさだめの人間の上にひろがるように、彼女の上に立ち昇ってきた。閉じた瞼の裏に彼女は繁みを、雲を、鳥を見た。そしてそれらの間で小さくなっていった。しかしすべてはただ彼女ひとりのためのように、存在していた。それから、わが身を閉ざして、疎遠なものをすべて締め出す瞬間が来た。もうなかば夢見ながら思いは完結し、ひとつの大きな、純粋に彼女だけを容れる愛が現われた。あらゆる見かけの物たちは顫えながら分解していった。

参事官は二度とやってこなかった。彼女は眠りに落ちた。扉をあけたまま、安らかに、草原に立つ一本の樹のように。

あくる朝、穏やかな、謎めいた一日がはじまった。目覚めは、戸外の光の現実らしさをすべてさえぎる明るいカーテンの内にあるかのようだった。彼女は散歩に出た。参事官がお伴をした。青い大気と白い雪とに酔ったように揺れ動くものが彼女の内にあった。彼らは街のはずれまで来て、そこから街の外を見渡した。白い野面には、なにやら嬉々として晴れやかなものがあった。細い野良道を閉ざす垣根の前に彼らは立った。一人の百姓女が鶏に餌をまき、ひと塊りの黄色い寄生木《やどりぎ》がいかにも明るく空へ輝いていた。「どう思いになって……」とクラウディネはたずねかけて、小路をとおして淡い青空をふりかえり、しまいまでは口にしなかった。しかししばらくして言った、「……あの寄生木の輪はいつまであそこに掛かっているのかしら。風はあれに気づいているのかしら。どんなふうにあの輪は生きているのかしら」と。そのほかには何も言わなかった。なぜそんなことを言ったかもわからなかった。参事官は微笑んだ。彼女にはまるで何もかもが金属に刻みこまれ、いまだに鏨《たがね》の力を受けて顫えているかに感じられた。彼女は男と並んで立っていた。男が彼女を見つめている、なにやら、見て取りつつあるらしい。そのことを感じながら、彼女の内では何かが整然とつらなり、輪を描く一羽の鳥の眼下に野良また野良が並ぶように、明るくはるばると横たわった。

この生命のいとなみ、青く輝いて、暗く翳って、小さな黄色い寄生木のひと塊りを掛けて、あれは何をもとめているのだろう。鶏たちを誘い寄せる、穀粒が静かに散る、その中をいきなり、時の鼓動のように、この生命は流れる、それは誰に語りかけているのだろう。深みへもぐりこんで、ただときおり、たえまなき流れの中の、わずか数秒の隙間からほとばしり、あとは死んだように静まる、この言葉なきいとなみ、それはいったい何なのだろう。彼女は物言わぬ目でそれを見つめた。そして物たちのことを考えずに、物たちを肌で感じ取った。すべてがもはや口では言い表わせなくなったとき、両手が額の上におかれる、ただそんなふうに。

それからは、彼女はすべてをひとつの微笑で聞き流すばかりになった。参事官はいまや作戦の網の目を慎重に彼女のまわりにしぼっているつもりだった。彼女は勝手にさせておいた。男が喋る間、彼女にはただ、人の話し声のする家々の間を通り抜けていく心地しかしなかった。彼女の考えのまとまりの中へ、ときおりもうひとつのまとまりが押し入ってきて、彼女の想念をあちらこちらへ引きまわした。彼女は自分からすすんでそれに従い、やがてまたしばし自分自身の内へ浮かびあがり、ぼんやりとなかばだけ浮かびあがり、また沈みこんだ。そんなふうにひっそりと、とりとめもなく流れながら、彼女はとらえられていた。

その間に彼女は、この男がどんなにわが身を愛しているかを、彼女自身の情のように感じとった。この男がわが身にたいしてどんなにこまやかな情愛をいだいているかを想像すると、官能をかすかにかきたてられた。そして無言の、異種の決断がもとめられる境に入りこんだときのように、あたりが静まった。参事官に追いつめられたのを、屈服しつつあるのを彼女は感じた。しかし、それは大事なことではなかった。ただ何かが彼女の内に、枝の鳥のようにとまって、歌っているだけだった。

軽い夕食をとって彼女は早めに床についた。何もかも彼女にとってもういくらか興ざめて、官能もすっかり静まっていた。にもかかわらず、彼女はすこしの間まどろんでから目を覚まし、あの男が下の部屋で待っていることを知った。彼女は衣服を取って身につけた。立ち上がり、身なりをととのえ、そのほかには何ひとつ、どんな感情も、どんな思いもなかった。ただ間違ったことをしているという遠い意識、おそらくそれに加えて、身じたくを終えたときの、かえって赤裸な、十分に守られていない感じがあっただけだった。そうして階下へ降りてきた。階下の部屋はひとけなく、テーブルや椅子には、夜中に目覚めておおよそに立っているような様子があった。片隅に参事官が坐っていた。

男と喋るうちに彼女は何かを口走った。おそらく、上の部屋にいると淋しくて、というようなことを。それを男がどう誤解するかは、わかっていた。しばらくして男は手を取った。彼女は立ち上がった。ためらった。それから部屋を走り出た。無知な小娘のような振舞いをしているのを自分で感じたが、それもひとつの刺激だった。階段を上るとき、足音の追ってくるのを聞いた。踏み板がきしんだ。彼女はいきなりなにやらきわめて遠い、きわめて抽象的なことを思った。それでも肉体は彼女をつつんで、森の中で追われる獣のようにおののいた。

参事官は部屋まできて腰を落着けてから言った。そら、君は僕を愛しているじゃないか、なるほど僕は芸術家でも哲学者でもないが、しかし全的な人間なのだ、僕はそう思う、全的な人間なのだ、というようなことを。「なんですの、その全的な人間というのは」と彼女は応じた。「奇妙な聞き方をするじゃないか」と参事官は熱くなって叫んだ。しかし彼女は言った。

「奇妙でもありませんわ。あたしが思うには、ある人が好きだから好きだということのほうがよっぽど奇妙ですわ。その人の目が、その人の舌が好きだから、その人の言葉ではなくて、その声の響きが……」

するとと参事官は彼女に接吻して、「それではやっぱり、君は僕を愛しているのだね」と言った。

クラウディネはまだ返答する気力を持ち合わせていた。

「いいえ、あたしは参事官さんのそばにいることを愛しているのです。参事官さんのそばにいるということの事実、この偶然を。エスキモーたちのそばにだって坐っていられるかもしれませんわ。毛皮のズボンをはいて。垂れ下がった乳房をして。それを快いと感じる。いったいほかに全的な人間がいないとでもおっしゃるの」

しかし参事官は言った。

「君は思い違いをしている。君は僕を愛している。君はただそのことをまだ自分自身に釈明できないでいるだけだ。しかしまさしくこれこそ、ほんとうの情熱のしるしなのだ」

男のからだがかぶさってくるのを感じたとき、思わずためらうものが彼女の内にあった。すると男は懇願した。

「ああ、口をきかないでいておくれ」

クラウディネは口をつぐんだ。もう一度だけ彼女は物を言った。それぞれ着物を脱いでいるときに。彼女は意味もなく喋りだした、場違いなことを、おそらく何の価値もないことを。それは、せつなく何かの上をなぜるようなものでしかなかった。

「……狭い峠道を越えていくときに似てるわ。獣も、人間も、花も、何もかも峠ひとつ越すと変ってしまう。自分自身もすっかり違ってしまう。そして首をかしげるんだわ、もしも初めからここに暮らしていたとしたら、あたしはこちらをどう思うことかしら、あちらをどう感じることかしらって。たったひとすじの境をまたぐだけでこうなってしまうなんて妙なことだわ。あたしは参事官さんに接吻して、それからいそいで跳びのいて眺めてみたい、それからまた近づいてみたい。こうして境目を越えるそのつど、今がひときわはっきりと感じ取れるにちがいないわ。でも、あたしはいよいよ色あせていくのでしょうね、人間たちは死んでいく、いいえ、しぼんでいくのでしょうね、樹木も鳥も獣たちも。そして最後には何もかもひとすじのほのかな煙にすぎなくなる……それからたったひとふしの調べに……大気の中を流れて……虚無の上を流れて……」

それからもう一度、彼女は物を言った。

「お願いですから、出ていってくださいな。気色が悪いわ」

男はただ微笑んでいた。そこで彼女は言った。

「お願い、あなた、出ていってちょうだい」

すると男は満足そうにため息をついた。

「ようやく、ようやく言ってくれたね、かわいい夢想家さん、君はようやく、あなたと言った」

そのとき、彼女は自分の肉体があらゆる嫌悪にもかかわらず快楽に満たされてくるのを、身ぶるいとともに感じた。しかし同時に、いつか春の日に感じたことを思い出すような心地がした。こうしてまるですべての人間たちのためにありながらそれでもたった一人のためにあるような、そのようなこともできるのだ、と。そしてはるか遠くに、子供たちが神のことを思って、神さまは大きいんだと言うように、彼女は自分の愛の姿を思い浮かべた。

ロベルト・ムージル

静かなヴェロニカの誘惑

どこかで二つの声が聞こえるはずだ。あるいは、その声はただ物言わず、日記の幾ページにもわたって、あるときは相並んで、あるときは相交《まじわ》って、書きつらねられてあるように、横たわっているだけのものなのかもしれない。暗く低くつぶやかれていたかと思うと、いきなり別人のように響きだす女の声は、ページによってさまざまに、ものやわらかな、ゆったりと長い男の声、細かく枝分かれして声になりきらぬ声に取り囲まれており、その隙間からは、男の声の覆い隠すいとまもなかったものが、のぞいている。あるいは、それともまた違うのかもしれない。あるいは世界のどこかに、ふだんは日々の喧騒のどんよりとした混沌にまぎれてほとんどそれとは聞えぬこの二つの声が、二条の光線のように射しこんでひとつにからみあう、そんな一点があるのかもしれない。どこかしらに。あるいは、この一点を探しだそうと願うべきなのかもしれない。それが近くにあることは、いまのところなにやらある動揺によって、わずかに気づかれる。ちょうど音楽の感動が、まだ耳には聞こえぬうちに、遠くで厚く閉じた垂れ幕の中に、重い定かならぬ鬢《ひだ》を畳んで、すでに浮かびだすように。おそらく、これらの声の断片はやがて互いに駆け寄りひとつになり、その病いと虚弱を去って、明快な、白日のように確かな、まっすぐに立つものへと、なり変るのではなかろうか。

「くりかえしめぐりくるものよ」

そう彼は叫んだ。後《のち》になり、目には見えないがはっきりと細糸のように緊張した幻想と、日ごろ慣れ親しんだ現実との間で、途方もない決断をせまられ、捉えがたいものをなおかつこの現実の中へ引きこもうと絶望的な最後の力をふりしぼったあげく、すべてを放棄して、ただ生きてあることの中へ、暖かい羽毛の雑然と積み重ねられたその上へ倒れこむように耽りこんでしまったあの頃のこと、彼はあの存在にむかって、一人の人間に話しかけるように呼びかけたものだった。あのころ、彼はのべつ自分を相手に、それも恐ろしかったもので大声で物を言った。何かが彼の内で、不可解にも留めがたい勢いで崩れていった。ちょうど肉体のどこかで痛みがとめどもなく凝集して組織の炎症となり、現実としてさらに昂進してついには病気となり、穏やかで曖昧な、呵責《かしゃく》の微笑みを浮かべて、肉体を支配しはじめるように。

「くりかえしめぐりくるものよ」とヨハネスは哀願した。「あなたが僕の外側にも存在していてくれれば、ありがたいのだが」

そしてまた叫んだ。

「衣服でも着ていてくれれば、僕はその襞にすがりつくこともできように。話をかわせれば、あなたは神だと言えれば。そしてあなたのことを、より大きな現実のために語るとき、小石を舌にはさんだほどの感触でもあれば。そしてこの身をゆだねさえすれば助けてくれる、僕が何をしようと見守っていてくれる、僕の中で何かがじっと動かず中心点の静けさで横たわっている、それがあなたなのだ、と言えればよいのだが」

しかしそんなことを願いながら、彼はただ埃に口を押しつけて、子供のように手さぐりする心で、横たわるばかりだった。あの存在を必要とするのも、自分が臆病だからなのだ、ということしかわからなかった。そのことはわかっていたのだ。それにもかかわらず、まるでその弱さの中から、彼の予感するひとつの力を、わずかに若いころにときおり体験されたふうに彼の心を誘う力を、汲み出そうとするかのように、さだかならぬ力強い存在の、そのたくましい、まだ顔というもののまったくない頭部があらわれた。すると、その頭《かしら》の下へ両肩を入れてその中へと生い育ち、その頭を自分の頭とすることができそうな、自分の顔をその隅々にまで浸透させることができそうな、そんな感じがしてくるのだ。

あるとき、彼はヴェロニカに、それは神なのだと言った。彼は物に怯えやすい敬虔な青年だった。それはすでに久しくいだいていた思いであり、二人がともに感じる漠としたものをしっかりとらえるための、彼の最初の試みだった。二人はしばしば暗い屋敷の中でひっそりと行きちがった。階段を昇り、階段を下り、すれちがった。しかし彼がその思いを口にすると、それはもう価値もない概念でしかなく、彼の言わんとするところを何ひとつあらわしていなかった。

彼の言わんとしたところのものは、その頃にはおそらく、ときおり岩石の中に形づくられるあの紋様のようなもの——それが暗示しているものはどこに棲息しているのか、また完全に実現されたとしたらどんな姿となるか、誰ひとりとして知らないそんな紋様、あるいは城壁に、雲に、渦巻く水に見られる紋様のようなものでしかなかった。あるいは、それはちょうどときおり人の顔に浮かんで、当の顔とはすこし結びつかず、あらゆる目に見えるものの彼方にいきなり推しはかられる異なった顔と結びつくあの奇妙な表情と同様に、まだここにはない何かから捉えがたく由来するものでしかなかった。あるいは喧騒のただ中を流れるささやかな旋律、人間のうちにひそむ感情。そうなのだ、彼の内には、言葉によってそれを求めればまだとうてい感情とはいえぬ、感情があった。それは感情というよりもむしろ、あたかも彼の内で何かが長く伸びて、その先端をすでにどこかにひたし、濡らしつつある、そんな感じだった。彼の恐れが、彼の静けさが、彼の沈黙が。ちょうど、熱病の明るさを思わせる春の日にときおり、物の影が物よりも長く這い出し、すこしも動かず、それでいて小川に映る像に似てある方向へ流れて見えるとき、それにつれて物が長く伸び出すように。

　そして彼はしばしばヴェロニカに言った。僕の内にあるものは、ほんとうは恐れでもなければ弱さでもなくて、ちょうど不安がときどき、まだ出会ったこともない、まだ見分けもつかない体験をつつむさざめきにすぎないことがあるけれど、ただそんなふうなものなのだ。あるいは、人はときどきはっきりと、それでいてわけもわからないままに、不安はやがて女人の何かしらをおびるとか、弱さはいつか山荘の朝となって明け、あたりに鳥たちの鋭い鳴き声を聞くことだろうとか、とそんなことを予知することがあるけれど、僕の内にあるものも、ただそのようなものなのだ、と。あのころ、彼はそんな奇妙な精神状態にあり、このような半端な、言いあらわしがたい影像がつぎつぎに内に形づくられたものだった。

　しかしあるとき、ヴェロニカは大きな目を静かにいからせて彼を見つめた。ちょうど二人きりで薄暗い広間のひとつに坐っていた時だった。そして彼女はたずねた。

「それではあなたの中にも何かがあって、あなたはそれをはっきり感じ取ることも、理解することもできないでいるのね。あなたはそれをただ、神と呼ぶのね。あなたの外にあって、現実の存在と考えられる、いえ、あなたのそう考える、神なのね。まるでそう呼べばそれがあなたの手を取ってくれるとでもいうように。それこそたぶん、あなたがどうあっても臆病さとか優柔さとか呼びたくないもの、姿かたちがあって、あなたをその衣の襞の下へかくまうこともできる、とあなたの考えるものなのね。そしてあなたは、言ってみれば実際に何かがそちらへ向かうでもない方向とか、実際に何かが動くでもない運動とか、あなたの中でけっして現実の生命を得るまでにならないさまざまな幻にだけ、神というような言葉をつかうのね。それというのも、そのような幻が暗い衣をまとってよその世界からやって来て、良く治まった大国から来た旅人の落着きを見せて通り過ぎてゆくからなのね。まるで生きたもののように。そうなのね、生きたもののように通り過ぎてゆくので、そしてあなたはそれをどうあっても現実のものと感じたいので」

「それは現実の物」と彼は言った、「意識の地平の彼方にある物なのだ。意識の地平の彼方を、しかも目にありありと流れ過ぎていく物なのだ。あるいは、ほんとうのところ、それは奇妙に緊張した、きわめがたい、意識の地平そのもの、もしや存在するかもしれない新しい地平でしかなくて、いきなり暗示されて、そこにはまだ物は存在しないのだ」

それは理想なのだ、と彼はあの時すでにそう思っていた。それは精神の濁りでもなければ、魂の不健全さのしるしでもなくて、ひとつの全体への予感、どこかしらから尚早にあらわれた予感であり、もしもそれらの予感をひとつにつかねることに成功すれば、そのとき何かしらが、一撃のもとに地を裂いて湧き出すように、想念の細かく分かれてたその先端から、戸外に立つ樹々の梢にいたるまで、物すべてをつらぬいて昇り、ごくささやかな身ぶりにも、帆にはらんだ風のようにみなぎるだろう。そう言って彼はさっと立ち上がり、ほとんど肉体の欲求を思わせる大きな動作をした。

それにたいしてヴェロニカはあのとき長いこと物を言わずにいたが、やがて答えた。「あたしの中にも何かがあるの……わかるかしら、デメーターが……」そして言葉につまった。それから初めて、二人はデメーターのことを話したものだった。

ヨハネスは初め、そもそも何のために自分たちがデメーターのことを話し出したのかわからなかった。ある日、ヴェロニカは養鶏場を見おろす窓辺に立って雄鶏を眺めていた、眺めやり、何ひとつ物を考えなかったという。聞くうちにようやくヨハネスは、それが家の養鶏場のことだと知った。そこへデメーターがやって来てそばに立ったという。すると彼女は自分がじつはさっきからずっと何かを、ぼんやりとだけど考えていたことに気づきだし、それがなんであるかを今になって悟りはじめた。そしてデメーターがそばにいることが――わかるかしら、何もかもごくぼんやりと悟りはじめたのよ、と彼女は話しつづけた――デメーターが近くにいることが、彼女の悟るのを助けてくれたけれど、思いを狭めもしたという。しばらくして彼女は、自分がさっきから考えていたのは、あの雄鶏のことだったと知った。あるいは何ひとつ物を考えずに、ただ見ていたばかりだったのかもしれないけれど、彼女の見つめたものは、想念によって溶かされなかったので、堅い異物のように内にのこった。それは彼女に何かほかのものを、自分でも見つからないものを、ぼんやりと思い出させるふうだった。そしてデメーターがそばに立っていると、だんだんにはっきりと、独特な不安とともに、彼女はその何かの像の、中身を欠いたままありありと浮かぶ輪郭を、自分の内に感じはじめたという。それからヴェロニカはヨハネスの顔を、あたしの言うことがわかるかしら、というように見つめた。

「それはくりかえし、雄鶏がなんとも言いようもない無頓着さで、ふわりと跳びかかるところなの」

それを彼女はまのあたりに見ていた、いまでもそれがありのままに見えるという。何でもない出来事なのに、まったく理解のつかないことのように。雄鶏がなんとも言いようのない無頓着さでふわりと飛びかかり、いきなり興奮からすっかりはずれて、しばらくうつけて物も感じなくなった様子で、まるで遠いことを考えて遠くにいるように、精気のない朽ちた光の中に立っている。それから彼女は言った。

「ときどき、どんよりとした午後に伯母さんと散歩をしていると、おなじ光がそんなふうに、生活の上を覆っていることがあったわ。あたしはそれをはっきり感じ取れると思った。この気色の悪い光の想像はあたしの胃からあがってくるのじゃないかって、そんな気がしたものよ」

話がとぎれ、ヴェロニカは言葉を求めて息をのんだ。しかしまた同じ話にもどった。

「あたしはあのあと、すでに遠くから、くりかえし、そのような波が寄せてくるのを見たんだわ」そして言った、「寄せてきて雄鶏に上におおいかぶさり、高く押しあげて、また置き去りにするのを」

沈黙がまた生じた。

しかしその沈黙の中を彼女の言葉がふと忍び足で通り抜けた。まるで大きな暗がりに身をひそめなくてはならぬというように。ヨハネスの顔のすぐ近くにうずくまりこみながら。

「……そんなとき、デメーターがあたしの頭をつかんで、胸に押しつけて、物も言わずに、下のほうへ強く押しつけていったの」とささやいた。それからまた先のように黙りこんだ。

ヨハネスはしかし暗がりで怪しい手になぜられたような気がして、ヴェロニカがまた話しはじめたとき、身ぶるいを覚えた。

「あのときあたしの心に起ったことを、どう呼んだらいいものやら、わからないけれど、いきなり、漠と感じたの。デメーターもあの雄鶏とおなじではないかしら、すさまじくひろがる空虚の中で生きていて、そこからいきなり跳び出してくるのでは、と」

ヨハネスはヴェロニカが自分を見つめているのを感じた。彼女はデメーターのことを話しながら、彼にはなんとなく自分にかかわるように感じられることを言っている。そのことが彼を苦しめた。自分にあっては抽象的に、ただ神のそばをすりぬけて、眠れぬ夜々の意志の曖昧さの中で空虚な感情の枠のように張りつめられた自己幻視のようなものでしかないものを、彼女はあるいは何かの行為に変えて、彼にそれをおこなうよう求めているのかも知れない。とそんな妙に不安な疑惑が彼のうちに湧きあがった。そして彼女がまた話しはじめたとき、その声が残酷で、しかも同情的で、しかも淫らな調子を帯びたと感じられたが、それを払いのけるすべも知らなかった。

「あのときあたしは、ヨハネスならこんなことけっしてしないわ、と叫んだのよ。ところがデメーターは、ふん、ヨハネスか、と答えただけで、両手をポケットにつっこんだものよ。それから、覚えているかしら、あなたがあのあとであたしたちのところに戻ってきた時のこと、デメーターがあなたと話をつけようとしたことを。ヴェロニカはお前のほうが俺よりも上等だと言っているが、しかしお前は臆病者じゃないか、と彼はあなたに挑んだのだわ。そしてあなたもあの頃はまだそんなことを言われて黙ってる人ではなかったようで、その証拠を見せてもらいたいものだな、とやりかえしたものだわ。そうしたら、彼はあなたの顔を拳固でなぐりつけた。そこであなたは、そうだったわね、あなたはなぐりかえそうとした。ところがそのとき、あなたは相手のすごんだ顔を見て、痛みをひときわ強く感じはじめて、とたんに相手にたいしてひどい恐れをいだいたのだわ。いいえ、あたしにはわかってます。へりくだって、にこやかな、とでも呼びたくなる恐れだったわ。そしてふいにあなたは微笑みだした。そうでしょう、自分でもなぜとはわからずに。でも、あなたはただただ微笑んでいた。いくらかゆがんだ顔で、そうよ、ゆがんでいたわ。相手の怒った目の下でいくらかひるんで。だけど、とてもあたたかな、自分の内側へ染みこんでいく甘さと安らかさでもって。それだもので侮辱もたちまち宥和されて、あなたの内におさまってしまった……。あのあとであなたはあたしに、僧侶になりたいと言ったわね……そのとき、あたしは悟ったのだわ、デメーターではなくて、あなたこそ獣《けだもの》だって……」

ヨハネスは跳びあがった。彼には理解できなかった。

「どうしてそんなことが言えるんだ」と彼は叫んだ。「何を考えているんだ、君は」

ヴェロニカは幻滅の口調で押しのけた。

「あなたはなぜ僧侶にならなかったの。僧侶にはどこか獣じみたところがあるわ。ほかの人なら自分自身のあるところに何もない、この空虚さ。着物にまでその臭いのまつわりつく、この穏和さ。そして身に起ったことをほんのしばらく積んでおいてすぐに、篩《ふるい》みたいに素通りさせてしまう、この空虚な穏和さ。ほんとにこの穏和さは篩にでもすればいいのだわ。あたし、それを悟ったとき、とてもうれしかった……」

そこで彼は自分の声が程を忘れたのに気づいて、口をつぐみ、彼女の言い張ることを考えるうちに、激昂から逸らされていくのを感じた。そして自分の幻想とどこかしら漠然と似てはいるけれど、それよりもはるかに現実味があって、二人きりでこもる小部屋のように濃密な彼女の幻想によって、自分の幻想を攪乱されまいとする緊張のあまり、からだが熱くなり、ふくらむ思いがした。

二人の気持がいくらか落着いたとき、ヴェロニカは言った。

「このことは、あたしにはいまでもすっかりわかったとは思えないことなの。たぶん二人でつきとめなくてはならないことなのでしょうね」

　そう言って彼女はドアを開けて階段を見おろした。二人はともに、ほかに誰もいはしないかと眺めやるような心持になった。大きな空洞のように、暗いひとけない屋敷がいきなり二人の上にすっぽりと、おおいかぶさった。ヴェロニカは言った。

「あたしがいま喋ったことが、全部が全部、本心だというわけじゃないの……自分でもわかってはいないの……。でもおしえて。あのときあなたの中で何が起ったの。いったい、あれはどういうことなの、あのにこやかな、甘ったるい恐れは……。まったく自分というものがなくて、赤裸で暖かい柔和さをのこして何もかも剝ぎとられてしまったみたいに、あなたは見えたのよ、デメーターがあなたをなぐったとき」

　ヨハネスは答えられなかった。いくつもの可能性が頭の中を走り抜けた。隣りの部屋で人の話すのを聞くうちに、意味の切れ端から自分に関する話だと悟った、そんな気持だった。「それで、デメーターともそのことを話したの」と彼はたずねてみた。「でも、ずっとあとになってからなのよ」とヴェロニカは答えて、ためらい、「たった一度だけ」と言った。それからまたしばらくして、「二、三日前よ。なぜそんな気になったのかしら」とつけ加えた。そしてヨハネスは、ぼんやりと何かを感じた。彼の意識の内の遠くで、愕然とするものがあった、嫉妬とはこういうものにちがいない、と。

だいぶたってからようやく、彼はヴェロニカが話しているのをまた聞いた。

「……妙な気持だったわ。あたしにはあの人のことがとてもよくわかった」

そう言っているのが、耳に入った。そして機械的に聞き返した。

「あの人というのは」

「ほら、上《かみ》の村の農家のおかみさんのことよ」

「うむ、あのおかみさんのことね」

「そのおかみさんのことで、村の若い衆がこんな話をしているのよ」と彼女はその話をして聞かせた。「でも、あなたにも想像できるかしら。あの人はもう愛する人というものがなくて、二頭の大きな犬だけを相手に暮らしていたの。それで、若い衆の言ってることは、ぞっとしない話かもしれないけれど、この二頭の大きな獣がときどき歯をむいて立ち上がるところを思い浮かべてみて。要求がましく、威丈高に。かりにあなたがおなじ獣だとしたら、と考えて。実際にあなたはどことなく獣なんだわ。獣たちの肌をおおう毛をたいそう恐れるけれど、あなたの内側にのこされたごく小さな一点を除けば、そうなんだわ。ところが、いい、次の瞬間主人がちょっと身ぶりをしてみせると、もうだめなの。おとなしく、這いつくばって、ただの獣にもどってしまうのですって。それは獣たちばかりのことじゃないわ。あなたこそそうなのよ。そうしてひとつの孤独を守っているのだわ。あなたこそそうなのよ、ほんとに、あなたこそ。あなたこそ、毛につつまれた空っぽの部屋なんだわ。そんなもの、獣だって願いやしない。獣というよりも、あたしにはもう言葉であらわせない何かなんだわ。なぜあたしはそのことがこんなによく理解できるのか、自分でもわからない」

ヨハネスは懇願した。

「君の話すことは、罪悪だ。それは汚ない話だよ」

それでもヴェロニカはやめなかった。

「あなたは僧侶になりたいと言ったわね。それはなぜ。あたしがあのとき思ったところでは、それは……それは僧侶になればもうあたしにたいして男ではなくなるからなのよ。聞いて、いいから聞いてちょうだい。デメーターはあたしに面とむかって言ったものよ。『あの男は君と結婚しやしない、あの男は。君はこの家にのこって、伯母さんみたいに年をとっていくことだろうよ』と。あなたにはわからないかしら、そのときあたしは不安になったよ。あなただって、そんな気はしないこと。あの伯母さんが人間だなんて、そう言われてみなければ、あたしは思ったこともなかったわ。あの人が男だとか女だとかに見えたことなぞ、ついぞなかった。ところがそれを聞いたとたんにあたしは、あれはあたし自身もなりうる姿なのだと気づいて愕然としたの。そして何かが起らなくてはならないと感じたの。するといきなりあたしには思えたの、あの人は長年の間すこしも年をとらずにきて、それから一度にふけこんで、そしてまた変わらなくなったと。デメーターはこう言ったわ。『われわれは好きなことをやっていいのだ。われわれには金はないが、それでもこの土地ではいちばん古い家柄だ。われわれは生き方が違う。ヨハネスは役人づとめをしなかった、ぼくも軍隊に行かなかった。坊さんにさえ彼はならなかった。よその連中はわれわれに金がないものだから、われわれをすこしばかり見くだしているが、われわれには金など必要ないのだ、連中なぞ必要ないのだ』と。たぶん伯母さんのことでまだ驚きがおさまっていなかったせいでしょうね、その言葉があたしの心をふいに、奥深いところで打ったの。ぼんやりと、まるで扉がそっとため息をついてひらいたみたいに。デメーターの話を聞いているうちに、どうしてか、あたしはこの家の雰囲気を感じたのだわ。あなただってわかるでしょう、あなた自身いつもどう感じてきたことか、ここの庭や屋敷のことを……ああ、この庭ときたら……夏のさなかにもあたしはときどき、雪の上に寝転がったらこんな気持にちがいない、こんなふうに索漠とした心地よさにちがいない、と思うことがある。地面に受けとめられずに暖かさと冷たさの間に浮かんで、跳ね起きたいと思っても、甘い曖昧さの中へぐったりと融けてしまう。庭を思うと、あの空虚な、破れることもない美しさを感じるでしょう。それに光、どんよりと過剰な、意味もなく肌を暖めて言葉を奪い取ってしまう光。そして樹皮がきしんでこすれあう音、木の葉のひっきりなしのさやぎ……。あたしたちのところでは生活はこの庭で尽きるわけだけれど、その生活の美しさには、平たいうえに、水平に果てしもなくひろがるところがあって、海のようにあたしたちを閉じこめて孤立させて、あたしたちはその上へ踏み出そうとするとたちまち沈んでしまう、そんな気があなたにはしない……」

そして今度はヴェロニカがさっと立ち上がってヨハネスの前に立った。なにやら褪せた明るさの中に白く浮く両手の指が、暗がりからおそるおそる言葉をひきだしてくるかに見えた。

「そしてしばしば、あたしはあたしたちの屋敷を感じるの」言葉は手探りしながら出てきた。「いつでも暗くて、階段はぎしぎしと音をたてる、窓は悲しそうに息をつく。あちこちの片隅には、戸棚がぬっと立って、ときどき高い小窓から、手桶を傾けたように、光がゆっくりとしたたりおちる。するとそこに誰かがカンテラを提げて立っているような、おそろしさが。そしてデメーターは言ったわ。『たいそうな口をたたくのは俺のやり方じゃない。そいつはヨハネスのほうがお得意だ。だが嘘じゃない。俺の内にはときどきわけもなく突っ立つものがあるんだ、樹のように揺れるものが、およそ人間離れしたすさまじい音が、子供のガラガラみたいな、復活祭の叫喚みたいな……俺は屈みこみさえすればもう自分が獣になったように思えてくる……ときどき顔に色を塗りたくりたくなる……』と。するとあたしにはこの家が、あたしたちのほかには誰もいない世界に見えてきたの。それはどんよりと曇った世界で、その中では何もかもが水に沈められたようにゆがんだ奇妙な姿になってしまうのだわ。そしてあたしには、デメーターの願いを聞きいれるのも、ほとんど自然なことに思えたの。あの人はこんなことを言ったわ。『ここの暮らしはどこまでもわれわれの間だけのもので、他人にはいっさい知られないので現実には存在しないも同然なのだ。外へのがれ出ようにも、現実の世界と何のつながりもないのだ』と。でも、あたしがあの人に何かを感じたと思わないでね、ヨハネス。あの人はただあたしの前に、牙をはやした大きな、あたしを呑みこむこともできる口のように、ひらいただけなのよ。男としては、あたしにとってほかの誰かれとおなじ疎遠な人のままだったのよ。だけど、あの人の中へ流れこんでいくさまを、あたしはふと思い浮かべたの。そして唇の間から滴《しずく》となってまた落ちてくるのを。水を呑む獣の口の中へ吸いこまれたように、どうでもよく、ぼんやりと……。ときにはいろいろな出来事を体験してみたいものだわ。ただの行為として、誰ともかかわりなしに、何ごとともかかわりなしに、それをすることができるものなら。でもそのとき、あなたのことが心に浮かんだの。そしてなぜとはっきりわかっていたわけではなかったけれど、あたしはデメーターを拒んだの……おなじことをするにも、あなたにはあなたのやり方があるはずだわ、良いやり方が……」

「それはどういうことだ」ヨハネスは口ごもった。すると彼女は言った。

「人と人とは互いにこうもありうるのじゃないかと、あたしにはぼんやり思い浮かべるところがあるの。人は互いに恐れをいだきあっているわね。あなたでさえときどき、物を言うと、あたしに打ちかかる石のように冷たくて固くなる。それと違って、あたしが思っているのは、人と人とがお互いの関係の中にすっかり融けこんで、そのうえはもうかたわらによそよそしく立って耳を傾けたりしない……どう説明してよいのか、あたしにはわからない……あなたがときどき神と呼んでいるものは、そんなものだわ……」

それから彼女の言ったことどもは、ヨハネスにはどうにも判然としなかった。

「あなたがどうやら思っている神は、すべての内にいるので、どこにもいないのだわ。それはあたしをむりやりその乳房に接吻させる意地の悪い太った女でもあるし、ときどき一人でいるときに戸棚の前にぺったりと腹ばいになってそんなことを考えるあたしでもあるんだわ。あなただってたぶんそうなのよ。あなたはときどき自分というものをなくして、ひきこもってしまう。まるで暗闇の中の蠟燭、それ自身は何ものでもなくてただ暗闇をいっそう大きくまざまざと見せる蠟燭のように。あの日、あなたが怯えたのを見てから、あたしには、ときどきあなたがあたしの思いから脱け落ちて、あの怯えだけが暗い染みのようにのこって、やがてその染みもそれを縁どる暗い柔らかな隈《くま》にすぎなくなる、とそんな気がするの。結局のところ、人は出来事のようなもので、行為する人格のようなものではない、とそこに行きつくのね。人はそれぞれたった一人で、身に起る事をかかえているのでしょうね。それでも、それぞれ窓のない壁に四方を囲まれたその内側のようにひとつの空間を形づくって、黙って自分を閉ざしながら、誰かと一緒にいるのでしょうね。その空間の中ではあらゆることが実際に起るには起るけれど、でもひとつの空間からもうひとつの空間へ流れこむことはないのだわ。まるで思いの中だけの出来事みたいに……」

ヨハネスには理解できずにいた。

それから、何かが沈んで引いていくように、ヴェロニカの様子がいきなり変りはじめた。顔の線もあるところでは細くなり、あるところでは強くなった。たしかに、彼女はまだ何かを話せたはずだった。しかし彼女自身にさえ、自分が、いましがたまで話していた自分と、もう別人に思えた。そしてただためらいがちに、遠い歩みなれぬ道をたどるふうにして、言葉が出てきた。

「……あなたは何を考えているの……あたしは思うのよ、それほどまでに自分をなくしたものに、人間ならば、なれるものじゃない、そんなふうになれるのは獣だけ……どうか助けて、この話になると、なぜあたしはいつも獣のことばかり考えるのかしら……」

ヨハネスはなんとかして彼女を我に返らせようとこころみた。彼はいきなり話しかけた。いまさら話をもっと聞きたくなった。

しかしヴェロニカは頭を横にふるばかりだった。


ヨハネスはというと、それ以来、自分の欲するところのものを髪ひとすじほどの差で的確につかみぞこねるという、おそるべき軽捷さを覚えるようになった。自分が心ひそかに求めるものの何たるかを知らぬくせに、自分がそれをつかみぞこねるだろうとはわかっている、ということがある。そんなとき、人は鍵のかかった部屋の中に閉じこもって物に怯えるように、なすすべもなく日を過ごすものだ。ときおり何かが彼を不安にさせ、自分はそのうちにいきなり鼻を鳴らし、四つ這いに駆け寄ってヴェロニカの髪のにおいを嗅ぎはじめるように思われた。そんな想像がふいに浮かぶのだった。しかし何ごとも起らなかった。二人はすれちがった。互いに見つめあった。どうでもよい言葉か、探るような言葉をかわしあった。毎日のことだった。

あるときは、彼にはこれがふと孤独の中での出会いのように、それをめぐって、とりとめもなかった親《ちか》しさが一度に揺ぎないものとなり、円蓋のごとくそびえたつかと思われた。ヴェロニカは階段を降りてきた。その下で彼は待っていた。二人は薄暗がりの中にそれぞれひとりきり立った。彼は彼女から何かを求めるつもりはすこしもなかったが、そうして立っていると、二人ともにそのまま病中のひとつの幻想であるかのような心地がして、「おいで、いっしょに出ていこう」と呼びかけることがわけても必要に思われた。しかし彼女が答えた言葉の内で、彼にわずかに理解できたのは、愛してない……結婚しない……伯母さんをおいて出ていくわけにいかない……というような拒絶の言葉だけだった。

もう一度、彼は試みをくりかえした。彼は言った。

「ヴェロニカ、たった一人の人間が、いや、ときにはたったひとつの言葉や、ひとつの暖かみや、ひとつの吐息が、渦巻きの中のひとつの小さな岩のように、いきなり君に中心点を、そのまわりを君が回る中心点を、示してくれることがある。僕らはいっしょになにかを始めなくてはならないのだろう。そうすればあるいはそれが見つかるのかもしれない……」

しかし彼女の声は、前に同じことを答えたときよりもいっそう、淫らなようなものをふくんでいた。

「それほどまでに自分をなくしたものに、人間はなれるものじゃない、そんなふうになれるのは獣だけよ……でも、もしも、あなたがかならず死んでくれるのなら……」

それから彼女はささやいた。そして彼は心を決めたが、それはまたしても、じつは決意ではなくてひとつの幻想、現実にかかわるものではなくて、音楽のようにそれ自身にのみかかわるものだった。「僕は出ていく。きっと行く。たぶん、僕は死ぬだろう」と彼は言った。だがそのときでも、自分の思っていることがそれではないことを、彼は知っていた。

あのころ、のべつ彼は自分自身を得心させようとして、これほどのことをなしうるとは、彼女はほんとうはどんな女なのだろうか、と自問した。彼はときどき「ヴェロニカ」とつぶやいて、その名にまつわりつく汗のにおいを、つつましく、救いようもなく人に従う姿を、そして水に濡れたようにひんやりと、ひきこもった暮らしに安んじる姿を感じた。また彼女の額に垂れるふたすじの、まるで他人のもののようにていねいに額になぜつけられたあの小さな巻毛を、目の前に思い浮かべるそのたびに、あるいはまた、彼女の微笑み、皆がテーブルについて彼女が伯母の世話をするときの、あの微笑みを思い浮かべるそのたびに、彼女の名を思わずにいられなかった。

デメーターが物を言うたびに、彼は彼女を見つめずにいられなかった。しかし幾度見つめても、どうして彼女のような人間が自分の情熱的な決意の中心になりえたのか、その理解をさまたげる何かにそのつどぶつかるのだった。よく考えてみれば、彼のもっとも古い記憶の中でも、吹き消された蠟燭の香のように、とうにゆらめき尽きた感じが彼女のまわりに漂っていた。リンネルの覆いをかけられ、閉じたカーテンのうしろでじっと眠る応接間の、人の寄りつかぬ感じが。そして誰にももう使われぬこれらの家具に劣らずぞっとするほど退屈で色褪せた話題をデメーターが口にするのを耳にさえすれば、彼には、何もかもが三人しての悪習のように思えてきた。

それにもかかわらず後になって彼女のことを思い出すと、彼にはいつでも、彼女が「いやです」と拒んだときの声ばかりがどうにも耳についた。彼女はだしぬけに三度、「いやです」と叫んだ。そして彼はその声を聞いて、見も知らぬ人間の声のように感じたものだった。最初はごくかすかだが、それでも奇妙に今までの声からすでに切り離されて、家中に通る声だった。それから、鞭でぴしりとたたく、あるいは茫然と物にしがみつく、そんな声になった。それからまた、いま一度かすかになり、くずおれ、人を苦しめたことを哀しむ声に近くなった。

そしてときおり、いや、いまではヴェロニカのことを思うだけで、彼には彼女が美しい女に思われた。それは人がともすれば感嘆を忘れてまた醜いと見る、きわめて入り組んだ美しさだった。家の暗がりの中から彼女が現われると、その背後で暗がりがなんとも妙なふうに動くともなくまた閉ざされ、そして彼女がその強い異様な官能性を、人の知らぬ病いのように身にまつわりつけて彼のそばを通りすぎるとき、彼はそのつど、彼女がいまこの自分を獣のように感じていることを、思わずにいられなかった。彼はそのことを、初めに思っていたよりもはるかに現実味のあることとして、不可解な恐るべきことに感じるのだった。彼女の姿を実際に見ていないときでも、彼はすべてを過剰なほどの鮮明さでまのあたりに浮かべた。高い背丈と、ひろくていくらか平たい胸。低くてふくらみのない額と、変にきわだつ柔らかな巻毛のすぐ上で濃く暗く束ねられた髪。大きな肉感的な唇と、腕を覆ううっすらと黒い産毛。それに、頭の重みに耐えぬかのように細い首をたわめ、うなだれたさま。そして彼女が歩むときの、からだをわずかに前へ押し出す、あの独特な、ほとんど恥を知らぬげなまでに人目かまわぬ柔和さ。しかし二人はもうほとんど言葉をかわさなかった。

ヴェロニカはいきなり一羽の鳥が叫んだのを耳にした。そしてもう一羽の鳥がそれに答えたのを。それでもって、すべては終った。このささやかな偶然を境に、ヨハネスとのことは終り、そしてもはや彼女ひとりのことが始まった。

というもの、そのときそっとすばやく、まるで先の尖ったすばしこい、柔らかな毛の生えた舌が嘗めるように、高く茂った草と野の花の香りが顔をなぜて過ぎた。そして今の今まで、物をただもう無意識に指の間でもてあそぶように、惰性で続けられていた会話が、ふっつりと跡切れた。ヴェロニカははっとした。どんなに独特な驚愕であったか、彼女はしばらくしてようやく、顔にいまさら差してくる赤みによってそれと悟った。そして一度に長い年月を越して、ひとつの記憶が熱くいきいきと甦った。もっとも、近頃になって、およそさまざまな記憶が戻ってきた。この鳥の叫び声はその前の夜にも、そのまた前の夜にも、半月前の夜にも耳にした気がした。また、いつだかもこんなふうに肌をなぜられる感触に、おそらく眠りの中で、悩まされたことがあったようだった。そんな奇妙な記憶がさまざま、近頃になってくりかえし彼女の内に入りこんでくるようになった。それらの記憶は彼女の内にひそむ何かの右や左に、前や後ろに、的《まと》をめざす群となり飛びこんできた。少女時代の全体が戻ってきた。しかし今度にかぎって、彼女はほとんど不自然なまでの確信をもって、これこそ求めていたものだと悟った。彼女は一度にそれと見分けた。長い年月を経てようやく、まとまりはないけれど、熱くてまだ生きたままの姿で、甦ってきたひとつの記憶だった。

彼女はあのころ、一頭の大きなバーナード犬の、ふさふさとした毛が好きだった。とりわけ前のほうの、ひろい胸の筋肉が骨のふくらみの上で犬の歩むたびに二つの小山のように盛りあがる、そのあたりが好きだった。そこにはいかにもおびただしい、いかにも鮮やかな金茶色をした毛が密生して、見渡すこともできぬ豊かさ、静かな果てしなさに似ていて、たったひとところをひっそりと見つめていても、その目は途方に暮れてしまう。そのほかの点では、彼女はひとまとまりの強い親愛の情、十四歳の少女のいだくあのこまやかな友情を感じていただけであり、あれこれの物事にたいする情とさほど変りもなかったが、この胸のところでは、ときおりほとんど野山にいる気持になった。歩むにつれて森があり、牧草地があり、山があり、畑があり、この大きな秩序の中にどれもこれも小石のようにじつに単純に従順におさまっているけれど、それでもそのひとつひとつを取り分けて眺めれば、どれもこれもおそろしいほどに内に入り組んで、抑えつけられた生命力をひそめている。それだもので、感嘆して見つめるうちに、いきなり恐れにとりつかれる。まるで前肢をひきつけてじっと地に伏せ、隙をうかがう獣を、前にしたときのように。

ところがある日、そうして犬のそばに寝そべっているとき、巨人たちはこんなじゃないかしら、と彼女はふと思った。胸の上には山があり、谷があり、胸毛の森があり、胸毛の森には小鳥たちが枝を揺すり、小鳥たちには小さな虱が棲みつき、そして——それから先のことはもう知らないけれど、それでおしまいにすることはなく、すべてはまたつぎからつぎへ継ぎ合わされ、ひとつまたひとつと内へ押しこまれ、そうして強大な力と秩序に威《おど》されてかろうじて静止している。そして彼女はひそかに思ったものだった。もしも巨人が怒りはじめたら、この秩序はいきなり幾千もの生命へ、大声をたてて分かれ、恐ろしいほど豊かな中身を浴びせかけてくるのではないかしら、と。さらに巨人が愛に駆られておそいかかってきたなら、山鳴りのように足音が轟いて、樹々とともにざわめいて、風にそよぐ細かな毛が自分の肌に生えて、その中に毒虫が這いまわり、言いあらわしようもない喜びにうっとりと叫ぶ声がどこかに立ち、そして自分の息はそれらすべてを虫や鳥や獣やの群れとひとつにつつんで、吸い寄せてしまうことになるのではないかしら、と。

毛むくじゃらの息がそばで満ち引きするのに合わせ、自分の小さな、先のつんと尖った乳房が波打っているのに気づいたとき、彼女は怖気づき、そうでもしなければ何か恐ろしいものを誘いだすことになりかねない気がして、じっと息をひそめた。しかしやがてさからうことができなくなり、息がふたたび、もうひとつの生命にゆっくりと引き寄せられるふうに動きだしたとき、彼女は目をつぶり巨人のことをまた思いはじめた。せわしなく流れるかずかずの像《かたち》の中に。しかし今では前よりもはるかに近くて暖かく、まるで低く流れる雲のように。

だいぶたってまた目をひらくと、何もかも前と変りなく、ただ犬がいつのまにかそばに立って彼女を見つめていた。そのときいきなり、先の尖った、赤い、うっとりとのたくるものが、海泡石に似た色の毛の中から、音もなく出てきたのに彼女は気づいた。そして身を起そうとした瞬間、犬の舌が生暖かくひくひくと触れるのを、顔に感じた。独特なふうに彼女は痺れた、まるで……まるで彼女自身も獣になったように。そしてぞっとさせられながら、内で熱くうずくまりこんでいくものがあった、まるでいまにも、いまにも……鳥が叫んで、生垣に羽音が立ち、やがてあたりが静まり、重なりあって流れる羽毛のように物音が柔らかになり……。

ほかならぬあのときの、ほかならぬこの奇妙に熱い驚愕だった。それによって、彼女はいますべてをふたたび見出した。どうしてそう感じるのかはわからないが、とにかく彼女は自分がいま、長い年月の後、ふたたびあのときとそっくり同じに驚愕させられたのを感じたのだ。

そしていま、今日のうちに出立するはずのヨハネスと並んで、彼女は立っていた。あの少女の頃からすでに十三年か十四年に近い年月が流れ、彼女の乳房はとうに、当時のように好奇心に満ちて赤く尖ってはいなかった。いまではこころもち垂れ下がり、ひろい平面におきざりにされた紙帽子に似て、すこしばかり哀しげだった。彼女の胸郭はひらたく横へ伸びてしまい、彼女をつつむ空間が胸郭からはみだしたかに見えた。しかし入浴や着替えの際に裸になったわが身を鏡に映して、それでそのことを知ったわけではなかった。とうの昔からそんな際によけいなことはしなくなっている。そうではなくて、彼女はそのことをただ肌で感じ取っていた。昔は着物の内にからだをぴったりと、どちらの方へもきっちりつつみこむことができたように思えるのに、今ではただ着物でからだを覆っている感じしかないのだ。わが身を内側からどんなふうに感じ取ってきたかを思い出してみると、昔はまるく張りきった水滴のようだったのに、今ではとうに、輪郭のぼやけた小さな水たまりでしかない。いかにもだらりと伸びきった、張りのない感覚で、物憂さとけだるい安易さ以外の何ものでもないはずだった。もしもときおり、たぐえようもなく柔らかなものがゆっくり、ごくゆくりと、幾千ものやさしく細心な襞を畳んで内側から肌にひたりとまつわりついてくる、そんな感触がなかったとしたなら。

彼女が人生にもっと近く立ち、人生をもっと鮮明に、両手でつかんだり肌に触れたりするのとひとしく感じていた時期が、とにかく一度はあったはずだった。しかしもう久しい以前から、それがどんなであったか、彼女にはわからなくなっていた。彼女にわかっていたのは、あれから何かが起ってそれを覆い隠してしまったにちがいないということだけだった。何がそれを覆い隠したのか、夢だったのか、それとも目覚めている間の恐れだったのか、自分は何かを見てそれに怯えたのか、それとも自分自身の目に怯えたのか、今日までは知らずにいた。というのも、その間に虚弱な日常の暮らしがあの時期のもろもろの印象の上に積もり、そしてたえまない微風が砂の上の足跡を吹き消すように、それらの印象を失わせてしまったからだ。もはや日々の暮らしの単調さだけが、かすかに高く低くなる虫の翅音《はおと》のように内でざわめくばかりだった。どんな強い喜びも、どんな強い苦しみも彼女はもう知らなかった。そもそもほかの感情から目に立って、あるいは持続して抜きんでた感情は、何ひとつ知らなかった。そしてだんだんに、彼女にとって人生ははっきりしなくなった。どの日もこの日も同じふうに過ぎて、どの年もこの年も同じふうにやってきた。どの年もすこしばかりのものを奪い去って、何がしかのものをつけ加え、その中で自分はゆっくりと変化していく。そのことを、彼女もまだ感じはした。しかしいかなる点においても、ほかの年からはっきりと際立つような年はなかった。自分自身について、彼女は不明瞭な、定まりのない感触をいだいた。内側からわが身を探ると、おおよそにつつみ隠された姿かたちがつぎつぎに交替していくのが、わかるばかりだった。ちょうど物の下で何かが動いているのは感じられるが、その意味は推しはかれぬように。だんだんに、彼女は柔らかな布におおわれて生きているかのように、あるいは薄く磨かれた角《つの》でできた容器の、いよいよ不透明に濁っていくその中に閉じこめられて生きているかのようになった。物たちはいよいよ遠くへしりぞいてその表情を失い、彼女の存在感もまたいよいよ遠くへ沈んだ。そして物たちと彼女の存在感との間には荒漠とした空間がのこり、その中で彼女の肉体は生きていた。肉体はあたりの物たちを眺め、微笑み、生きていた。しかし何もかもが無関係に起り、しばしば執拗な吐気がこの世界に音もなく這いひろがり、ありとあらゆる感情を黒い被膜で塗りつぶした。

ただこの奇妙な、今日ようやく現実となりおおせつつある動きが内に萌しはじめたとき、ことによるとまた昔と同じようになれるのではないか、と彼女は思ったものだった。さらにのちになって、これはもしや恋ではないかしら、とも思ったようだ。恋なのだろうか。とすれば、それはもうかなり前からやって来ているようだった。ゆっくりと、そう、ゆっくりとそれはやって来た。それでも、彼女の暮らしの速度《テンポ》には、あまりにも急だった。彼女の暮らしはもっと緩慢だった、まるで緩慢だった。その緩慢さたるや、その頃ではもはや、目をゆっくりと開いてはまたゆっくりと閉じ、その間に一瞥、物を眺めようとしては物にすがりつけず、そのそばをすりぬけてゆっくりひややかに滑り落ちていくのと、変りがなかった。あらゆる未知のものを拒むのと同様に、彼女は漠然とヨハネスを拒んだ。憎しみもなく、鋭い感情もなく、ちょうど境界のかなたにある土地を、そちらから見れば自分の土地が空とひとつに柔らかに索漠と融けあってしまうので、拒むのと同じに。しかしそのときから彼女は、自分の生活に喜びが失せてしまったのも、何かが自分を強制してあらゆる未知のものを拒ませるからだと悟った。そしてそれまでは、自分の行為の意味を知らぬ者の哀しみしかいだけずにいたのにひきかえ、今ではときおり、自分はただその意味を忘れているだけであり、もしかするとそのうちに思い出せるのかもしれない、とそんな気がした。いつかは現われるはずのなにやら驚くべきものへの思いが、まるで忘れられた大切な事柄の記憶が意識のすぐ下を走るように、彼女を悩ませた。これらすべてが始まったのは、ヨハネスが戻ってきて、そのとたんに彼女の心になぜとも知れず、以前にデメーターがヨハネスをなぐりヨハネスが微笑んだ、その記憶が浮かんだ時からだった。

それからというもの彼女には、自分には欠けている何かをそなえた者がやってきて、それをたずさえて自分の暮らしのほの暗い荒地を静かに歩んでいくような、そんな気がするようになった。彼は歩んでいく、そして物たちは彼女の目の前で、彼がその上へ視線をそそぐと、ためらいがちに秩序を形づくりはじめる。それだけのことだった。ときおり彼が自分自身に驚いた表情で微笑んでいると、まるで彼が世界を吸いこんで胸におさめ、内側から感じ取っている、そんなことも彼にはできるように、彼女には思えた。そして彼が吸いこんだ世界をまたそっと自身の前へ置くとき、彼女には彼が見物人もなしにたった一人でいくつもの輪を宙に舞わせる曲芸師にひとしい者に見えた。それ以上のことではなかった。彼の目の内にはすべてがどんなにか美しく映っていることだろうという思いが、想像というものの盲目的な執拗さで、ただ彼女を苦しめた。彼がおそらくただ感じているだろうものに、彼女はすでに嫉妬を覚えた。それというのも、彼女の目に触れるとどの秩序もふたたびこなごなに崩れてしまい、そして彼女は物たちに、ちょうど子供を導くには力の足りない母親がその子にいだく、餓《かつ》えた愛情しかもてずにいるありさまではあったが、それでも今ではときおり、彼女の倦怠はひとつの音のように振れはじめることがあるのだ。それは耳の内に鳴り響いて、しかも世界のどこかしらにひとつの空間を迫りあげ、一点の光を灯す……一点の光を灯して人間たちを照らす。おのれを超えて伸び出し、遠く遠く離れたほとんど無限の境でようやくひとつに出会う、そんな線のような憧れから、その身ぶりの成り立っている人間たちを。それは理想なのだ、とヨハネスは言った。そのとき彼女は、それは現実になりうるのかもしれない、と勇気を得た。彼女はすでにすっくりと立ち上がろうとこころみていた。おそらくそれだけのことだったのだろう。ところが彼女はまだ痛みを覚えた。まるで彼女のからだは病んでおり、彼女を支えることができないかのように。

またそのころ、ひとつを除いて、ほかのあらゆる記憶が彼女の内に浮かびはじめた。記憶はすべて甦った。なぜだか、彼女にはわからなかった。ただ、ひとつの記憶がまだ欠けていることを、そしてこのひとつのためにほかのすべてが甦ったことを、彼女はなにかしらから感じた。ヨハネスは自分を助けてそれを思い出させてくれるかもしれない、自分の人生全体はこのひとつを思い出すかどうかにかかっているのだ、という想像がやがて形づくられた。しかし彼女はまた、自分がそう思うのも彼に力を感じたからではなくて、むしろ彼の静けさ、彼の弱さ、あの静かな侵しがたい弱さを感じたからだということも知っていた。それはひろい空間のように彼の背後に横たわり、その中に彼は身に起るすべてとともにたった一人でいる。それ以上のことは彼女にはわからず、そのうえ、彼女が求めるものにすでに近づいたかと思うと、そのつど一頭の獣がその前に立ちはだかる。そのことが彼女を不安にさせ、苦しませた。ヨハネスのことを思うと、しばしば獣たちの姿が心に浮かんだ。あるいはデメーターの姿が。自分たちにはデメーターという共通の敵があり、共通の誘惑者がある、と彼女はうすうす感じた。そのデメーターの像が、鬱蒼とはびこる茂みのように彼女の記憶の前に横たわり、その力を吸い取ってしまうのだ。しかも彼女には、これらすべてがその根拠をもつのは、自分のすでに知らぬあの記憶の中なのか、それとも、これからはじめて自分の前方に形づくられるべきひとつの意味の中なのか、わからなかった。それは恋なのだろうか。さまようものが、さすらうものが、彼女の内にあった。それが何であるか自身にもわからなかった。それは一本の道を歩んでゆくのに似ていた。見たところひとつの目標にむかって、しかし、しだいに歩みをためらわせて。その目標につくより先に、いつか、いきなりまったく別の人間を見つけ、それが誰であるかを知ることになるかもしれないという期待のために。

ところが彼は彼女を理解してくれない。彼女にとってまったく未知な何ものかの上に、二人のために築きあげられなくてはならないひとつの生活についての、この揺れ動く予感が、どんなにつらいものか、それがわかっていない。そして妻にしたいとかどうとか、いとも単純な現実でもって、彼女を求めるのだ。彼女にはその心がつかめなかった。それが意味もないものに、つかのまほとんど下品なものに思えた。もともと彼女はまっしぐらに相手を目ざす欲情というものを一度として感じたことがなかったが、しかしこのときほどに、男とは口実にすぎないと思われたことはなかった。男とは、彼らの内にはおおよそにしか体現され得ない何か別なもののための口実にすぎず、この口実のもとには立ち止まっていてはならないのだ。彼女はいきなりまた内へ沈みこみ、暗闇の中にうずくまりこんで彼を見つめ、こうしておのれの内に閉じこもることを、これが初めて、肉体の触れあいのように感じて驚いた。そして彼の目のすぐそばにいながら彼の手にはとどかないところにうずくまりこむという意識に淫らな心をそそられて、その感触に身をゆだねた。何かが彼女の内で、柔らかくてきしきしする猫の毛のように、彼にむかって逆立った。

きらきらと輝く小さな球のあとを見おくるように、彼女は自分の隠れ処から拒絶の言葉を叫んで彼の足もとへ転がした……そして彼がそれを踏みつぶそうとすると、また叫んだ。

そしていま、別離がすでに取り返しのつかぬ姿で二人の間にまっすぐに立ち、二人とともに最後の道にさしかかったこの時になって、ヴェロニカの内にいきなり、すっかりはっきりと、あのもっとも深く沈んでいた記憶までが浮きあがってきた。彼女はただ、これだと感じた。何によってそう感じたのかわからなかった。どうしてそれがあの記憶なのか、どのような内容からも見てとることができなかったので、すこしばかり失望を覚えた。ただ冷えびえとしたものの中でほっと息をついているふうな自分を見出すばかりだった。以前にも一度、こんなふうにヨハネスの前ではっと驚いたことがあった、と感じた。そしてどういうわけで、このことが自分にとってこれほど重大な意味を持つに至ったのか、またこれからそれはどうなるのか、読めなかった。しかしたちまちにして、自分がまた自分の道に、むかし見失ったちょうどその地点で立ち戻ったような気がした。その瞬間、現実の体験が、現実のヨハネスについての体験が、その頂点を乗り越えて完了したのを、彼女は感じた。

その瞬間、彼女は互いに割れて落ちていくような感覚をいだいた。二人してひたりと寄り添って立っているのに、まるでてんでに別の方向へ沈みに沈んでいく、そんな傾《かし》いだ感じがあった。道にそって樹々を眺めやると、樹々は彼女にとって自然に感じられるよりも、痩せてまっすぐに立った。そのとき彼女は、今まではただとりとめもなく、ただ予感から口にしていた拒絶の言葉を、いまはじめて完全に感じ取ったと思った。そして彼がいま自分から旅立とうとしていながら、じつは旅立ちたくない気持でいることを、悟った。しばしの間、二つの肉体が相添って横たわりながらもはや別々であり、離ればなれに、哀しげに、それぞれただ自分自身のための存在でしかない、深く沈んだ心持に彼女はなった。なぜといって、彼女の感じていたことは、もうすこしのところで、すべてを投げ出す愛となるはずのものだったのだ。なにやら彼女の上に覆いかかる感情があり、彼女を小さく、弱々しく、なきもひとしい、あわれっぽく鼻を鳴らし三本の足を引く仔犬のような、あるいは、かすかな風のあとを物欲しげに追うぼろぼろの小旗のようなものに変えていった。それほどまでに彼女の心はゆるんで、そして内には、この人をひきとめたいという切望があった。傷ついた柔らかな蝸牛《かたつむり》が、かすかに身もだえながら仲間を求め、そのからだにわが身を押しつけて、すでに融けて崩れて息絶えつつも粘りつこうとするように。

しかしそのとき彼女は彼を見つめ、自分の思うところをほとんど知らず、ただこう予感した。自分の心の奥底について彼女がただひとつ知っているもの、彼女の内にただひとつあらわに横たわるあの突然の記憶はおそらく、自分の内から摑み取ることのできるというものではなくて、自分の内から脱け落ちることによってわずかに、それと知られるものなのだ、と。それはいつだか深い恐れのために完全なものとなるのを妨げられてからというもの固くおのれを閉ざして彼女の内にひそみ、もっとほかのものになり得ただろうにみずからその道を閉ざし、そしていま彼女の内から異物のように脱け落ちるよりほかにないのだ。というのも、ヨハネスへの感情はすでに衰えてひきはじめ、そのもとにながらく死んだように力なく閉じこめられていた何ものかが、いまや滔々たる流れをなして彼女の内からほとばしり、ヨハネスへの感情をひきさらっていった。そしてその跡には、彼女の内にあらわにひらけたはるけさの中から、一点の輝きが円蓋を張りひろげた。なにやら柱もなしにせりあがっていくもの、なにやらはてしもなく高められて、夢の網の目を通したようにまとまりもなくきらめくものが。

そして二人がひきつづき外側でかわす会話は短く滴り落ちるふうになり、なおも互いに話をとぎらすまいといたずらに苦労するうちに、ヴェロニカは会話がすでに言葉と言葉の間で何か別なものに変わっていくのを感じて、ヨハネスが旅立たなくてはならぬことをいよいよ悟り、話を打ち切った。彼が立ち去り、もう二度と戻ってこないということが決定しているからには、これ以上二人が何を言おうと、何をこころみようと、すべては徒労のように、彼女には思えた。そして今まで ならおそらく何といってもせずにはいなかっただろう人並みの別れのふるまいを、今ではまったくする気がないのを感じた。そのために、ふるまいに取り余されたものは、一変してかたくなな、不可解な表情をおびた。彼女にはその意味も、その根拠もほとんどわからなかったが、とにかくそれは迅速であり堅固であり、ひとつの事実、すでに手につかまれて投げ放たれた行為だった。

　そして彼がとりとめもなく喋りながらなおも前に立っていると、彼女は、彼がここにいても、現実にそばにいても、それだけではどうにもならないのを感じはじめた。この力及ばぬ存在は、彼女の内ですでに彼への追憶ともどもどこかへむかって伸び上がろうとしているものの上に、重くのしかかってきた。彼女はいたるところで彼の生命の気につきあたり、まるで屍体につきあたった感じを受けた。かたくなに、敵意さえ見せて横たわり、わきへ押しのけようとするあらゆる苦労にさからう屍体に。そして彼がなおもひしひしとこちらを見つめているのに気づいたとき、彼女にはヨハネスが一頭の大きな、力つきた獣、どうしても自分の上から転がしのけることのできない獣に思われ、自分の記憶を、ちょうど小さな物を手に熱く握りしめているふうに内に感じた。いきなり、彼女はもうすこしのところで彼にむかって舌を出しかねない気持にとりつかれた。それは逃げるとも誘うともつかぬ奇妙な感覚、迫る者に嚙みつく雌の、せっぱつまった衝動に近いものだった。

　その瞬間またしても風が起り、彼女の感情は風の中へひろがり、いかつい抵抗や憎悪のすべてから身を解き放って、それを捨て去るともなくいとも柔らかなもののように吸いこんだ。あげくにはいかにも孤独な驚きだけがあとにのこり、ヴェロニカはそれを感じながら、その中にわが身を置きのこした。すると、あたりのものすべては予感におののいた。今まで暗い霧のように彼女の人生の上にかかっていた不透明なものがいきなり動きだして、長いこと探し求めていた物たちの姿かたちが、ヴェールに映しだされて浮きあがってはまた消えていくかに見えた。何ひとつとしてまだその顔を、指でつかめるほどに鮮やかには顕わしていなかった。何もかもまだ、ひそかに手探りする言葉の間から逃げて、何ひとつとして口に出して語ることはできなかった。しかしどの言葉も、今ではもはや口に出されぬままに、すでに遠くから、まるではるばると見渡す目に眺められ、あの不思議にも共に振れ動く理解に伴われていた。日常の行為を舞台の上に凝縮し、平たい地面の小石の錯綜にまぎれて見えぬ一本の道を示す標《しるし》へ立てるあの理解に。ごく薄く絹の仮面のようなものが世界をおおい、明るく、銀灰色に、いまにも裂けそうに揺いでいた。彼女は目をはりつめた。すると、見えない衝撃にゆすられるように、目の前がちらちらとふるえだした。

そうして二人は並んで立っていた。そして風がいよいよ豊かに道を渡ってきて、まるで一頭の不思議な、ふくよかな、香りのよい獣のようにいたるところに身を横たえ、人の顔をおおい、うなじへ、腋へ入りこみ、そしていたるところで息をつき、いたるところで柔らかなビロードの毛を流し、人の胸のふくらむそのたびにいよいよひたりとその肌に身を押しつけ……すると彼女の驚愕も期待もともにほぐれて、疲れて重い温みの中でひとつに融けこみ、その温みは物言わず目も見えず、風と流れる血のようにゆっくりと、彼女のまわりをめぐりはじめた。彼女はふいに、いつか聞いた話を思い出さずにいられなかった。人のからだには幾百万という小さな生き物が棲息していて、人が息をするたびに、数知れぬ生命が流れこみ、流れ出ていくという。この思いの前に彼女はしばらく呆然とたたずみ、赤紫のうねりにつつまれた暖かい暗い心地になった。だがやがて彼女は身近く、この熱い血の流れの中に、もうひとつの流れを感じた。そして目を上げると、ヨハネスが前に立っており、その髪が風に吹かれて彼女のふるえる髪のほうへなびき、二人の髪はその揺れ動く先端で、すでにかすかに、かすかに触れあっていた。二つの群れがひらひらと混りあったような、快感の疼きがそのとき彼女をとらえた。できることなら自分の生命を内からつかみ出し、熱い暗闇にまもられて、あらあらしく酔い痴れながら、この生命を彼の上にふりそそぎたかった。しかし二人の肉体はじっと硬直して立ち、目を閉じて、ひそかに起りつつあることを、起るがままにまかせるばかりだった。自分たちはそれを知ってはならないとでもいうふうに。そして二人はただいよいよ空虚に、いよいよ物憂くなり、やがて互いにこころもち身を傾け寄せあった。いとも穏やかに静かに、いまにもふたりして血をひとつに流しあう、そんな死の静けさの中で心こまやかに。

そして風が満ち上げると、彼女には、彼の血が裾から肌をつたって昇ってくる気がした。それは彼女を肉体にいたるまで、星のかたちの、盃のかたちの、青や黄の花、そして幾筋もの細い雄《お》蕊《しべ》のそっとさぐる感触、野の花が風の中に立って受胎する、じっと動かぬ官能の喜びで満たした。落日が裾からさしこむ頃になっても、彼女はけだるく静かに、はた目にもそれとわかりそうなまでに、恥もなく体感に耽りきって立っていた。ただおぼろに、ごくおぼろに、彼女はあのもっと大きな、これから満たされなくてはならぬ憧れのことを思った。しかしそれはこの瞬間、遠くで鐘が鳴る、そんなほのかな哀しみでしかなかった。そして二人は肩を並べて立ち、大きな真剣な姿を浮きあがらせた。まるで夕空の中に背をまるめて立つ二頭の巨大な獣のように。

陽は沈んだ。ヴェロニカは物思わしい気持でひとり家路をたどった、牧草地と畑の間を抜けて。こなごなに砕かれて地に落ちた被殻《から》の中から何かが現われるように、この別離から、ひとつの自己感が立ち昇ってきた。それはいきなりいかにも堅固なものとなり、彼女は自分自身をあのもうひとりの人間の生命に突き刺さった短刀と感じたほどだった。すべては明快につらなった。彼は行った、そして自殺するだろう。その考えを彼女は確かめもしなかった。暗い重い物体が地に横たわっている、そんな有無を言わせぬ感じだった。それは彼女にとって時の流れを一刀両断にして、それを境として、以前あったものがすべて動かしがたく凝固して、取り返しのつかぬものになったと思われた。今日という日は、まるで刀の一閃により、ほかの日々の間から跳ね飛んでしまった。そうなのだ、自分の魂ともうひとつの魂との関係がなにやら究極の、もはや変更のきかぬものとなって、折れた枝のように永遠をさしているそのさまが、彼女には宙にありありと見える気がした。彼女はときおり、これを恵んでくれたヨハネスにやさしい心持を感じたが、やがてまた何ひとつ、自分の歩みのほかは何ひとつなくなった。ほかに目標があるわけもなく、ただひたすら孤独を求める確かさが、彼女を駆りたてた。牧草地と畑の間を抜けて。世界は日が暮れて小さくなった。そしてしだいに、奇妙な快感が、軽くて酷《むご》い空気のようにヴェロニカを運びはじめた。それを彼女はふるえるにおいとともに胸に吸いこんだ。すると、それは彼女を満たし、彼女を持ちあげ、その中で身ぶりはつぎつぎにほとばしり出て遠くをつかみかかり、歩みはかすかに地を蹴って離れ、森の上へ舞いあがった。

軽やかさと喜ばしさのあまり、彼女は気分が悪くなりかけたほどだった。この緊張がようやくひいたのは、家の表戸に手をかけたときだった。それは小さな、円みのある、がっしりとした扉だった。扉を閉じると、扉は分厚く前にはだかり、彼女は静かな地下水に似た暗がりの中に立った。彼女はゆっくりと歩み、ひんやりと身を囲む壁々の近さを、それに触れることなく感じ取った。奇妙にひそやかな感触だった。彼女は自分のもとにいることを知った。

それから彼女は黙ってやるべきことをやり、一日はほかの日々と変わりなく尽きていった。ときおりヨハネスの姿が想念の間に浮かんで、彼女は時計に目をやり、いまごろ彼がどこにいるはずかを見た。一度、しばらく彼のことをつとめて思わずにいた。そして次に彼のことを思うと、汽車は山あいの夜を南へむかってくだる頃合で、さまざまな見知らぬ土地が黒々と彼女の意識をつつみこんだ。

寝床に身を横たえて、彼女はすぐに眠りに落ちた。しかし眠りは、何か常ならぬことを翌日にひかえた者の眠りと同じく、浅くてもどかしかった。瞼の裏にたえず明るむものがあり、朝方に近づくにつれてさらに明るくなり、伸びるふうに感じられ、やがて言いようもなく広くなった。目を覚ましたとき、海だとヴェロニカは知った。

いまごろ彼はもう海を目の前に見ているはずで、あとは自分の決意を実行に移すよりほかに、するべきこともない。彼はたぶん沖へ漕ぎでて、銃の引き金をひくことだろう。いつなのか、彼女にはわからなかった。彼女は臆測をはじめ、あれこれ根拠をひきくらべた。汽車を降りてすぐにボートに乗りこむだろうか。それとも夕暮れを待つだろうか。海が静まりかえって、大きな目で見つめる、あの時刻を。彼女は一日じゅう、細かな針がたえず肌にあたるような落着かなさで過した。ときおりどこかから、あるいは壁に射しこむ黄金色の光の枠の中から、あるいは階段の暗がり、刺繡をしている白いリンネルの中から、ヨハネスの顔が浮かびあがった。蒼ざめて深紅色の唇をして……ゆがんで、水に脹れあがって……あるいは、それは陥没した額の上へ垂れるひとすじの黒い巻毛ほどのものでしかなかった。ときどき彼女はそのあとから、突然打ち返してくるやさしさの、流れ寄る破片に満たされた。そして日が暮れたとき、彼はすでに命を絶ったはずだ、と知った。

遠くかすかな予感が彼女の内にあって、何もかも無意味なこと、この期待も、まったく不確かなことを現実のごとく取るこのふるまいも、とささやいた。ときおり、ことによるとヨハネスは死んでいないのかもしれない、という思いが心をあわただしく走り抜け、柔らかな毛布のようなものをひきはがし、さらにそのたぐいの現実の一片が飛び出してまた沈んだ。そんなとき彼女は戸外で夕べが音もなく、目にも立たず、家のまわりを流れていくのを感じた。夜が来て、来ては去っていく、その平生とすこしも変りもない。そのことを彼女は知っていた。しかしふいにその思いは消滅した。深い静けさと、秘密の感触が幾重もの襞を畳んで、ゆっくりとヴェロニカの上に降りてきた。

そして夜がやってきた。彼女の生涯のこの一夜が。今こそ、彼女の長い病んだ生活の、ほの暗い遮蔽の下で形づくられ、何かの抑圧によって現実から遠ざけられて、じくじくとひろがる染みとなり、想像もつかぬ体験の、奇怪な模様へとふくれあがったものが、ついに意識となって彼女の内に浮かびあがる力を得たのだ。

さだかならぬものにうながされて、彼女は自分の部屋の灯という灯をともし、それらの間に囲まれて、部屋のまん中に身じろぎもせずに坐った。ヨハネスの写真を取り出して目の前に置いた。しかし彼女には、自分の待ち望んできたものがヨハネスに関する出来事だとはもはや思えなかった。また自分の内のことですらない。しかもただの空想でもなく、周囲にたいする自分の感じ方が変化をきたし、夢と目覚めの境にある見知らぬ領分へひろがり出てしまったのを、彼女は一度に感じた。

彼女と物たちとを隔てていた空虚な空間が消えて、両者の間は関係をはらんで異様に緊張した。家具が、卓やら戸棚やら壁の時計やらが、それぞれの場所にどっしりと落着き、隅々まで自身によって満たされ、彼女から離れて、握りしめられた拳のように、自身の内にしっかりとつつみこまれていた。それでいて、物たちはときおりまたヴェロニカの内にあった。あるいは、ヴェロニカと空間との間に一枚のガラス板のようにはさみこまれたもうひとつの空間の中から、目をひらいて彼女を見つめていた。物たちは自分自身にたちかえるために長年ひたすらこの夜を待っていた様子で立ち、撓《たわ》みながら迫りあがった。この奔放な力がたえまなく物たちから流れ出た。そして、瞬間の感触がヴェロニカをつつんで盛りあがり中空になり、彼女自身がいきなりひとつの空間となって、蠟燭の火を黙々とゆらめかせながら、すべてをつつんでいるかのようだった。ときおりこの緊張から疲れが彼女の上におおいかぶさってきた。すると彼女はただ明るく輝いた。からだの隅々にまで立ち昇る明るさがあり、彼女はそれを外側から触れるようにわが身に感じ、かすかにざわめくランプの光の輪を眺めるのに疲れるように、自分自身に疲れを覚えた。そしてこの明るい睡気の中へ、さまざまな思いが鋭い小枝を分けながら流れこんでいくさまが、細かい血管のように目に見えた。やがてあたりはいよいよ沈黙を深め、幾重ものヴェールが静かに、灯のともる窓ガラスの前を流れる雪のように、彼女の意識のまわりへ降りてきた。ときおりその中で一点の光が大きく硬くはぜた。しかししばらくすると彼女は異様に張りつめた目覚めの、その境目までふたたび浮かびあがり、はっきりと感じた。いまごろヨハネスもこうして、こんな現実の中に、変化した空間の中にいるのだ、と。

子供たちと死者たちには魂というものがない。ところがこの魂、生きている人間たちのもつ魂こそ、当の人間たちがどんなに愛そうと願っても、愛することを許さないもの、どんな愛においても何かを留保するものなのだ。ヴェロニカは感じた、それはどんな愛によってもおのれを投げ出すことのできないもの、あらゆる感情に、戦々恐々と信じてそれにすがる相手から逃げ去ろうとする方向をあたえるもの、あらゆる感情に、最愛の人にも手の届かぬ、いつでも引き返そうとかまえる、愛する人のもとへ歩み寄る時でさえもひそかな先約をほのめかすふうに微笑みながら背後を眺める、そんな何かをあたえるものなのだ。ところが子供たちと死者たちは、まだ何者でもない、あるいはもう何者でもない。これから何者にでもなれる、あるいはかつて何者でもあった、と考えることを許してくれる。物の入っていない器の、中空の現実であり、さまざまな夢想にその形を貸してくれる。子供たちと死者たちには魂というものがない、あのような魂はないのだ。そして獣たち。獣たちはその威嚇する醜悪さによってヴェロニカをぞっとさせるけれど、点々と刹那ごとに滴り落ちる忘却を目にたたえている。

無限定に求める者にとって、魂とはそうしたものなのだ。ヴェロニカは彼女のどんよりとした生涯を通じてひとつの愛を恐れて、もうひとつの愛に憧れてきた。夢の中ではときおり、彼女の憧れ求めたとおりになる。そこでは出来事はあくまでも強く、大きく重たるく通り過ぎていくが、しかし自分の内にあるのと変わりがない。それは苦しめはする、しかしわれとわが身を苦しめるのに似ている。それは辱しめる、しかし屈辱はただところ定めぬ雲と流れ、誰一人としてそれを見る者もいない。屈辱は暗い雲の喜びとなり流れていく。こうして彼女はヨハネスとデメーターの間で揺れ動いた。そして夢は一人の内のものではなく、現実の切れ端でもなく、どこかで、ひとつの全体的な感情の中にその世界を迫りあげ、そこで重みもなく漂いながら生きている、ひとつの液体がもうひとつの液体に浮かぶように。夢の中では人は愛する人に身をゆだねる、ひとつの液体がもうひとつの液体に浮かぶように。異なった空間感覚でもって。それというのも、目覚めた魂というものは空間の内にあいた、何ものにも満たされない空洞なのだ。魂によって、空間は山のように大きくても内が空洞だらけの氷とひとしくなってしまう。

自分がしばしば夢を見たことを、ヴェロニカは思い出すことができた。今日まで彼女はそれについて何ごとも知らずにきたが、ただときおり、目を覚ますと、いましがたまで違った動きになじんでいたようなのが、自分の意識の狭さにつきあたり、そしてどこかにひとすじの罅《ひび》があり、その背後がまだ明るい……たったひとすじの罅でしかないが、その背後にひろびろとした空間が感じられた。さらにいまになって、自分はしばしば夢を見ていたにちがいない、と彼女は思いあたった。そして自分の醒めた生活をとおして、さまざまな夢の像の生きているのを見た。ちょうど会話や行為の記憶の下から、長い年月を経てさまざまな感情や想念の、隠されていたひとつの形の記憶が見えてくるのと同じに。あるいは、会話のことしか思い出さずにいたのに、何年もたっていきなり、その会話の間たえまなく鐘が鳴っていたことに気がつくように……。ヨハネスとのそのような会話が、デメーターとのそのような会話が甦ってきた。その中に犬やら、鶏やら、拳の一撃やらを彼女は見分けはじめた。そしてヨハネスは神のことを語った。ゆっくりと、端々で現実を吸いこんでしまいながら、彼の言葉は神の上を滑っていった。

ヴェロニカもまたつねにどこだかに一頭の獣がいるのを知っていた。誰でも知っているとおりの、悪臭をたてるぬらぬらとした肌の獣がいるのを。しかし彼女にあっては、それは目覚めた意識の下をときおり滑っていく、落着きのない、姿かたちもはっきりしない暗い影、あるいはまた、眠る男に似てやさしくはてしない森、そんなものでしかなかった。それは彼女の内ではすこしも獣じみたところがなく、ただ彼女の魂におよぼすその影響が、いくすじかの線となり、どこまでも長く伸びていくだけだった。するとデメーターは言った、屈みこみさえすれば俺はもう獣になる……と。ヨハネスは真昼間から言った、何かが僕の中で沈んで、伸びていった……と。そして彼女の内にはごく虚弱な蒼白い願望があり、ヨハネスが死んでくれればよい、と願った。そして目覚めながらに混乱した心で、狂ったようにひっそりと彼を見つめることがあった。彼を見つめながら、視線を針のように、静かに、深く深く、彼の内へ刺しこんでいった。もしや相手の微笑みの顫えひとつから、唇のゆがみひとつから、何かの苦痛の動きの中から、彼女に向かっていきなり、死者のように惜しみなくおのれをあたえるものが、予測もつかぬ生命の豊かさでもって、現実のものとなり立ちあらわれはしないか、と。そのとき、彼の髪は藪となり、爪は大きなきらめく台地となり、彼女はその白眼の中に、濡れて流れる雲と、空を映す小さな池とを見た。彼はあえなく境を解かれ、すっかりひらききってそこに醜く横たわり、それでも彼の魂はなお最後の一片の、ただ自分ひとりのもとにある感情に、かくまわれていた。そして彼は神のことを語った。すると彼女は思った、神とこの人が呼ぶのは、あの異なった感触のこと、その中で彼が生きたいと願っているひとつの空間の、おそらくその感触のことなのだ、と。そんなことを考えるのも、彼女が病んでいるからだ。しかし彼女はこうも考えた。獣というものも、そんな空間と同じなのかもしれない、と。そんな空間と同様に、すぐ近くを通り過ぎていく時には、目の中に入った水のようにさまざまな大きな姿かたちへ散乱するが、外にあるものとして見れば、小さくて遠いものでしかない。なぜ、童話の中ではあんなふうに、姫君たちを見張る獣のことを考えることがゆるされるのだろう。あれも病いなのか。彼女はこの一夜に自分自身とこれらの形象とを、何もかもまた沈んでしまうという予感の不安によって、かえってあざやかに感じ取った。地を這うような醒めた生活が、ふたたびこれらの上にかぶさってしまうだろう。そのことを彼女は知っていた。

また、そのときにはすべてが病んで、不可能なことばかりになる、ということも見えていた。しかしもしも、長く伸び出したこれらの思いのひとつひとつをつかみとり、手の内に幾本もの棒を束《つか》ねるように、おぞましいものを寄せつけずしっかりと留めることができるならば、そしてそれらがひとつの現実の全体へ融けあうことになれば……彼女の思惟はこの夜、山の大気のように壮大で、自分の感情を自在に支配する軽捷さに満ちた健康の、表象にたどりつくことができるのだ。

ときおり張りつめすぎた環が裂けるように、渦を巻いてこの幸福感は彼女の思いの中を走り抜けた。あなたは死んだ、と彼女の愛は夢見た。そのとき彼女の思うものは、自分と外界との間にあるこの奇妙な感触にほかならず、その中でヨハネスの表象は彼女にとって生きていた。しかし蠟燭の光が彼女の唇に熱く映じた。そしてこの夜起ったすべてのことは、そんなふうに現実から刺してくる光、彼女の肉体のどこかでちらちらと燃えて感情の断片の間へ消えていきながら、それらの断片の定かならぬ影を外へ投じる光にほかならなかった。やがてヨハネスをすぐ身近に、わが身とひとしく近く感じ取れる気がした。ヨハネスは彼女の願うままのものであり、彼女のやさしさは何ものにも妨げられず、海に漂う柔らかな紫色の水母《くらげ》の中を抜ける波となり、彼の中を通り抜けた。ときおり彼女の愛は彼の上にただはるばると意味もなく、海そのものとなりひろがった。すでに疲れを覚えながら。ときおり、おそらくいま海が彼の屍体の上にひろがっているだろうように。甘い夢の中で喉を鳴らす猫に似て、大きく穏やかに。すると、時はさざめく水のように流れた。

やがてはっと驚いたときには、彼女はすでに最初の哀しみを感じた。あたりはさむざむとして、あらかたの蠟燭はすでに尽きて、最後の一本だけが燃えていた。いつもヨハネスが坐っていた場所に、いまではぽっかりと穴があいて、思いのすべてをもってしても埋めつくせなかった。その一本の蠟燭も音もなく、最後の一人がそっと扉を閉めて立ち去るふうに消えた。ヴェロニカは暗闇の中にのこされた。

つつましやかにさまよう物音がさまざま家の中を通り抜けた。階段の踏み板がおずおずとしなって、通り過ぎる人間の重みをまたはらいのけ、どこかで鼠が物をかじり、それから甲虫が材木に孔をうがつ音がした。時計が打ったとき、彼女は恐れをいだきはじめた。自分が夜どおし目覚めていたその間、あるいは天井を、あるいは低い床を、やすまず時を刻みながら部屋から部屋へと伝っていたこの時計という物の、たえまない生命にたいして。あたかも身のふるえがどうしてもおさまらないとそれだけの理由で、前後も知らず打ちかかり砕きまくる殺害者のように、できることなら、いまではたえず耳についてくるこのかすかな音を、つかみ殺してやりたかった。そしてふいに彼女は伯母の眠っているのを感じた。ずっと奥の、いちばん裏手の部屋で、いかつい鞣皮《なめしがわ》のような顔にたくさんの皺を刻みこんで。物たちはどんよりと重く、張りもなく立っていた。そのよそよそしい存在にとりかこまれて、彼女はすでにまた怯えだした。

わずかに何かが、もはやほとんど支えとも言えず、ただ彼女とともにゆっくりと沈んでいくものにすぎなかったが、それでも彼女を支えた。自分がこうして手で触れるばかりになまなましく感じているものは、ヨハネスの存在ではなくなって、自分自身にすぎないのだ、という予感がすでに彼女の内にあった。すでに彼女の夢想の上には白昼の現実の、羞恥や、堅実な事柄しか語らぬ伯母の言葉や、デメーターの嘲笑やらから成る抵抗がかぶさり、あたりは狭く閉じて、すでにヨハネスへの嫌悪が現われ、すべてを眠れぬ一夜の妄想と感じさせる抑圧がほのかにきざした。長らく求めてきたあの記憶ですら、その間にひそかにさまよい出て行ったように、とうにまた遠く小さくなり、結局は彼女の生活を何ひとつ変えることもできなかった。しかし、誰にもらすこともあるまい体験のあとで、目の下に蒼い隈《くま》をつくっておもてを行く者が、あらゆる強い人間たち、分別があり旺盛な人間たちの間にあって、自分の特異さと弱さとを、糸ほどにかすかに流れるひとふしの調べのごとく感じるように、細く身をさいなむ喜悦が、こうしてあることの喜悦が、落胆の悲しみにもかかわらず彼女の内にのこり、肉体をうつろにしていき、やがて肉体は柔らかくやさしく、薄いカプセルのようになりおのれを支えた。

彼女はいきなり、着物を脱ぐことへ誘われた。ただ自身のために。ただ自身に近くある、自身だけと暗い部屋の内にいるという感情を持ちたいために。着物はきしきしとかすかに鳴って床へ沈み、彼女の心をかきたてた。なにやらやさしい気持が、誰かを探し求めるふうに二、三歩暗闇の中へ踏み出し、それから思案し、あわてて引き返して肉体にすがりついた。それからゆっくりと、快感を惜しみながら、着物をまた身につけていくとき、暗い洞穴の奥の池のように肌の温かみをまだ物憂げに宿す襞と、ふくらみとともに、暗闇の中から彼女のまわりに昇ってくる着物は、さながら彼女がその内にうずくまりこむ隠れ処であり、肉体のそこかしこがひそかにこの覆いに触れるそのつど、快感が肉体をおののき走った。人目を忍ぶ明かりが、閉ざされた巻き戸の奥で、せわしなく家の内を行くように。

あれはこの部屋のことだ。ヴェロニカの目は思わず壁に鏡の掛かるところを求めたが、自分の姿を見つけだすことはできなかった。彼女には何も見えなかった。あるいはぼんやりと流れる光が暗闇の中に見えたが、あるいはそれも錯覚だったかもしれない。暗闇が重い液体のように家の中を満たし、彼女にはそのどこにも自分が存在しないように思われた。彼女は歩きはじめたが、いたるところ闇ばかりがあり、どこにも彼女はなかった。それでも自分自身のほかの何ものをも感じなかった。彼女の行くところに彼女があり、そしてなかった。口には出されなかった言葉がときおりひとつの沈黙の中に、あってまたないように。そんなふうに、彼女はいつだか病気で床についたときに、天使たちと話をかわしたものだ。あのとき、天使たちは彼女の寝床のまわりに立ち、その翼からは、それを動かすともなく、かぼそくて高い音が響き出て、あたりの物たちを削《そ》ぎ抜いた。すると物たちは屑石のようにこなごなに砕け、世界全体が鋭い貝殻状の破片とともに横たわり、彼女一人だけが小さくひとつにまとまった。病熱に力を吸いとられ、萎《しお》れたバラの花びらのように薄く削がれ、自身が自身の感覚に、透けて見えるまでになった。自分の肉体をいたるところからひとしく、手の内にすっぽりと包みこめるほどに小さなまとまりとして感じた。そのまわりには、髪の毛のきしむ感触でさらさらと鳴る翼をつけた男たちが立っていた。ほかの人間たちにとっては、そのすべてが実在していない様子だった。内から外へしか覗けぬ、きらきらと輝く格子となり、あの音が彼らの前に立ちふさがっていた。ヨハネスはまずいたわってやらなくてはならないけれど本気には受けとれぬ者を相手にする調子で彼女と言葉をかわし、隣りの部屋ではデメーターが歩きまわり、その嘲弄的な足音と大きなけわしい声が彼女の耳にまで聞えた。そして彼女はひきつづき、天使たちが、不思議な羽毛の生えた手をした男たちが、自分のまわりに立っている、という感じだけをいだいていた。ほかの者たちは彼女のことを病気と取っていたが、そういう彼ら自身こそ、どこにいようと、目に見えぬ緊張の行き渡ったひとつの輪の内に立っていた。あのとき、彼女にはすでに、自分がすべてを手に入れたかに思えたものだ。しかしそれは熱病のせいにすぎなかった。幻像がまた引いていくとき、自身でも、すべて熱病のせいにちがいないと悟った。

ところがいま、その病いの何がしかが、われとわが身を感じるその感覚の中にあった。用心深くひきこもり現実の対象を避けながら、彼女は物の存在をすでに遠くから感じた。期待は薄れて衰えていき、その外側ではあらゆるものが砕けて空虚になり、その内側ではあらゆるものが、朽ちていく絹でできた静かなカーテンを引いたように穏やかになった。しだいに家の中が夜明けの光に柔らかに白んだ。彼女は階上の窓辺に立った。朝になり、市場へ通う人々の姿が見えた。ときおり一片の言葉が彼女のところまで昇った。すると彼女はそれを避けようとするふうに、また薄暗がりの中へ身をひいた。

やがてかすかにヴェロニカのまわりに降りてくるものがあった。それは何を求めるとも、何を願うともない憧れであり、帰ってきた日々を迎えて、漠とした疼きが下腹に差すのに似ていた。奇妙な思いが通り抜けた。わが身だけをこうもいとおしむのは、誰かの前でどんなことでもやれるのと、同じようなことなのだ、と。その思いの間から、自分はヨハネスを殺したのだという記憶が、いまでは硬い醜い顔をつけて、いま一度ゆっくりと押しあげてきたとき、彼女は愕然ともしなかった——彼の姿を浮かべたとき、ただ自身のことがあさましく思われた。それはわが身を、大きな虫のごとくからみあう内臓やらおぞましいものに満ちた内側から眺めたようなものだった。しかし同時に、彼女はこうして自身を見つめる自分をも見ていた。そして怖気をふるいながら、この自身にたいする怖気の中にも、なおかつ何ものにも奪い去られぬ愛のなごりがあった。やがてすべてを解きほぐす疲れが上にひろがり、彼女はくずおれ、自分の犯した行為の中に、ひんやりとした毛皮に身をくるむようにうずくまりこんだ。いかにも哀しく、いかにもやさしく、静かにおのれに寄り添い、穏やかに輝き……痛みにも何がしかのいとおしさを覚えて、苦しみの中から微笑む者のように。

明るくなるにつれて、ヨハネスが死んだということが、彼女にはいよいよありそうにもないことに思えてきた。それはもはやかすかに彼女に伴う思いにすぎず、そのそばから彼女は自分で離れていった。こうして彼への関係がふたたびごく遠くなり、信じられなくなるにつれてしかし、二人を隔てていた最後の一線までがひらいていくかに見えた。官能的な甘やかさと、途方もない親《ちか》しさを、彼女は感じた。肉体の親しさよりも、魂の親しさだった。まるで彼の目から自身を眺めている、そして触れあうたびに彼を感じるばかりでなく、なんとも言いあらわしようもないふうに、彼がこの自分のことをどう感じているかをも感じ取れる、そんな親しさであり、彼女にはそれが不可思議な、精神による合一のように思えた。ときおり彼女はこう思った。あの人はあたしの守護天使なのだ。あの人はやってきて、あたしがその姿を認めると、また立ち去った。けれどこれからは、いつもあたしのそばにいてくれるだろう。あたしが着物を脱ぐとき、あたしを見ていてくれる。あたしが歩くと、あたしの裾の下に隠れてついてくる。そしてあの人のまなざしは、たえずつきまとうほのかな疲れのように、ものやさしいことだろう。といっても、彼女はあのヨハネスのことを思ったのではなかった。彼女がそれを感じたのは、あのどうでもよいヨハネスについてではなかった。彼女の内に淡い灰色に張りつめたものがあり、思いはそこを過ぎるとき、おぼろな姿が冬空の前に立ったように、白い輪郭を浮きあがらせる。そんな輪郭、手探り求めるやさしさの輪郭でしか、それはなかった。それは静かに現われ……より鮮明になり、しかもそこにはなく……何ものでもなく、しかもすべてであり……。

彼女はひっそりと坐って、思いをもてあそんでいた。ひとつの世界がある。脇へそれた、もうひとつの世界が、あるいはたったひとつの哀しみが……それはたとえて言うなら病熱と夢想とによって彩色された壁、その間では健康な人間たちの言葉は響かず、意味もなく地に落ちてしまう。またたとえて言うなら、その上を歩むには彼らの立居振舞いは重すぎる絨毯。ごく薄くて、こだまする世界。その中を彼女は彼とともに歩み、そこでは彼女が何をおこなおうと、それに静けさがしたがい、何を思おうと、それは入り組んだ回廊でささやく声のように、どこまでも響いていく。

そしてあたりが蒼白く澄んで、夜が明けはなたれたとき、手紙が、一通の手紙が、来るべくしてやって来た。来るべくして、とヴェロニカはすぐさま悟った。家の表戸をたたく音があり、落石が薄い雪庇《せっぴ》を打ち砕いたように、静けさを破った。開けた表戸から風と明るさが吹きこんだ。手紙にはこう書いてあった。君は何者なのだろう、僕は自殺しなかった。僕は街頭へ逃げだした者みたいだ。表へ出てしまって帰ることができない。口にするパンや、僕を沖へ運ぶはずだった浜辺に横たわる黒と褐色のボートや、さらにかすかで、さらに曖昧で、暖かくひしめいて、早急にはつなぎとめられないもの、まわりで騒々しく旺盛に動きまわるものすべてが、僕をとらえて離さない。そのうちにこのことを二人で話す機会もあるだろう。この街頭では何もかもがただ単純で、まとまりもなく、瓦礫の山のように次から次へぶちまけられているだけなのだ。ところが僕はこういうものに、まるで一本の棒杭みたいに埋めこまれて、締めつけられて、また根を生やしてしまった……。

手紙にはまだほかのことも書いてあったが、彼女には、街頭へ逃げだした、とそのひと言しか目に入らなかった。来るべきものが来たまでではあったが、それにしてもこうも遠慮なく彼女のもとから跳んで逃げたということの中には、それとほのめかされるともなく、嘲弄的なものが含まれていた。それは意味もない、何の意味もない、ただ明け方にあたりがひえびえとしてきて、夜が明けたので誰かが大声で喋り出す、とそんなものでしかなかった。結局のところ何もかも、今ではしらじらとさめて傍観する一人の人間をめぐっておこなわれたことになった。それに気づいた瞬間から、長い時間にわたって、彼女は物を思わず、感じもしなかった。ただ異様な、どんな波にも破られぬ静けさが、彼女のまわりで光るだけだった。蒼白く、どんよりと、早朝の光の中に無表情に横たわる池のように。

それから目をさまして、あらためて物を思いはじめたとき、ふたたび彼女の思いの上には、身動きを妨げる重い外套のようなものがかぶさっていた。そしてどうしてもはらいのけられない物の下で両手が役に立たなくなるように、思いはとりとめもなくなった。単純な現実への道を彼女は見出せなかった。彼女の存在の内で沈黙と、彼が自殺を遂げなかったことは、彼がまだ生きているという事実と同じではなかった。彼女の存在の内で沈黙と、またしても沈下が始まったのだ。何かが彼女の内で黙りこみ、しきりにつぶやく無数の声の混乱の中へ、そこから脱け出して来たか来ないかのうちに、またしても沈んでいった。その無数の声を彼女はいきなりまた八方に聞いた。その中を、狭い廊下をたどるように、彼女はこれまで歩んできた。やがては這って進んだ。それからあたりがひろがり、ひそかに天井がせりあがり、そそり立ちかけたのに、それはいままた閉じていく。静けさにもかかわらず、彼女には人間たちがまわりに立ってひっきりなしに小声で話している気がした。彼らが互いに何を言っているのか、彼女にはわからなかった。それがわからずにいるのは、不思議にひそやかな心持だった。彼女の感覚はごく薄くひらたく張りつめ、それらの声は荒れた藪の枝先のようにざわざわとそれにあたった。

知らぬ顔が浮かんだ。見も知らぬ顔ばかりだった。伯母、女友達や知人たち、デメーター、ヨハネス、とそれぞれの顔であることは、よくわかっていたが、それでもやはり知らぬ顔だった。彼女は突然、きつくあつかわれはしないかと怯える者のように、彼らにたいして恐れをいだきはじめた。ヨハネスのことを思おうと苦心したが、わずか数日前にどんな様子をしていたか、もう浮かべられず、その姿はほかの人間たちとひとつに融けてまぎれた。あの人はあたしのもとから逃げ去ったのだ、はるか遠くへ、人ごみの中へまぎれこんで、とそのことを思い出した。どこかしらから彼の目が陰険に、身をひそめて、こちらを眺めているにちがいない。その前で彼女は小さく縮こまり内へ閉じこもろうとした。しかしもはや自分自身を、静かに崩れていく輪郭によってしか感じ取れなかった。

徐々に彼女は、自分は異なったものだった、という感情さえも失っていった。もはや自分をほかの人間たちから区別することもほとんどできなくなり、また彼らの顔も、どれもほとんどもうお互いに区別がつかず、浮かびあがってはまた入りまじって消え、櫛も入れない髪のように気色が悪かったが、それでも彼女はその中へ巻きこまれていった。彼らの言葉を理解できないままに、彼らに答えていた。ただひとつ、何かしらをしたいという欲求があるばかりだった。内になにやら落着かぬものがあり、幾千匹もの小さな動物のように肌の下から飛び出したがっていた。そしてくりかえし、古い顔が浮かびあがり、家じゅうがそんな落着きのなさに満たされた。

彼女はさっと立ち上がり、二、三歩あゆんだ。とたんにすべては沈黙した。彼女は叫んだ、しかし何も答えなかった。もう一度叫んだ、しかし自分の声さえほとんど聞こえなかった。何かを探してあたりを見まわした。しかしすべてはそれぞれの場所をじっと占めていた。それでも、彼女は自分自身を感じた。

それからあとは、まず数日がひとつづきの昏迷の中でたちまち過ぎた。ときおり、あの夜のことを思い起そうと、懸命に気を張りつめることがあった。あの夜一度かぎり自分が現実と感じたものは、あれは何だったのだろう、自分は何をしたので、あのようになったのだろう、と。ヴェロニカはそのころ、せわしなく家の中を歩きまわった。夜中にも起きあがって歩きまわることがあった。しかしその際どうかすると、蠟燭の灯に照らされて自分のまわりに立ちあがった部屋の、暗闇がまだぼろきれのように垂れさがる、むきだしの白壁の寒々しさしか、感じ取れずにいた。彼女はそれを、なにやらけたたましく淫蕩なものが、壁ぎわに高く身じろぎもせずに直立しているように感じた。また素足の下で床が流れるさまを想像すると、彼女は数分間でもじっとそこに立って、まるで足下を流れる水の一点を目でしっかり捕まえようとするかのように、思いを凝らしていられた。やがて、彼女にはもはや感知できないあの夜のさまざまな思いから発する眩暈におそわれた。そして足の指先が床板の接ぎ目にしがみつき、そこにたまった細かい柔らかな塵に肌を触れられるか、あるいは足の裏が床の小さな汚ならしいささくれを感じると、そのときようやく、むきだしの肌をぴしりとたたかれたように、気持が楽になった。

しかし徐々に彼女はこうしていまここにあるものしか感じ取れなくなり、あの夜の記憶はもはや彼女にとって先にふたたび期待できるものではなく、あの夜彼女が得た、わが身へのひそやかな喜びの、いま彼女が生きている現実の上に差した影でしかなかった。ときおり彼女は閉ざされた表戸のところまで忍んでいき、扉の外をひとりの男が通りかかるまで、耳をかたむけた。扉のこちら側では肌着しか身につけず、ほとんど裸に近い恰好で下はあらわなままに立つそのあいだ、表では人がすぐ近くを、たった一枚の戸板に隔てられて過ぎていく。それを思うと、彼女はもうすこしでうずくまりこみそうになった。しかし何よりも不思議に感じられたのは、扉の外にも自分自身の何がしかが存在するということだった。彼女の手にする灯から、ひとすじの光が、細い鍵穴を抜けて外へ落ちているのだ。そして彼女の手のふるえは、その光を伝って手探りしながら、行きずりの男の着物をすばやくなぜるはずだった。

そんなときのこと、彼女はふいに、自分がいまデメーターと、あのふしだら者と二人だけでこの家にいることを思った。彼女は身をすくめた。それからというもの、二人はより頻繁に階段ですれ違うようになった。すれ違えば挨拶ぐらいはかわしたが、どうでもいいような言葉しか口にしなかった。一度だけ、彼は彼女のすぐそばに立ちどまり、二人は互いに何かほかに言うことを探した。ぴったりとした乗馬ズボンにつつまれた男の膝と、短くぱっくりとひらいて血を流す切り傷のような唇を、ヴェロニカは目にとめた。そして、ヨハネスはいずれ戻ってくるだろうとき、どんな様子でいることかしら、と考えた。それと同時に彼女はデメーターの口髭の先端を、一枚の窓の灰色の表面の手前に、まるで巨大なもののように眺めた。しばらくして二人はそれぞれ先へ歩きだした、話はまだかわさぬままに。

訳者解説

「かのように」の試み
世界文学全集版「解説」

ロベルト・ムージル（Robert Musil）は一九四二年、大戦のさなかに亡命先のジュネーブで六十二歳の忘れられた作家として死んだ。それから十年後にようやく世に出た彼の全集は二つの長篇小説と、ここに訳された六つの中篇小説と、二つのドラマと、短文、書簡、そしてかなりの分量の日記から成り立っており、その全体を日本語の全集に訳せば十数巻になると思われるが、そのおよそ半分近くは一つの長篇小説『特性のない男』によって占められている。しかもその三分の一以上の部分は、結末の見通しもつかぬ遺稿として残された。ムージルは言うなれば畢生の大作とはてしもない苦闘をつづけているうちに忘れ去られた作家である。

二次大戦中およびその直後のドイツ・オーストリア人作家の手になる大作と言えば、ムージルの『特性のない男』と並んで、ヘルマン・ブロッホの『ウェルギリウスの死』（一九四五年）、トーマス・マンの『ファウストス博士』（四七年）が思い出される。この三つの作品はいずれも同じ時代を生きた作家たち（マンは一八七五年生、ムージルは八〇年生、ブロッホは八六年生）

の自己の芸術との格闘の記録であり、その徹底的な省察によって小説の枠を見事にはみ出してしまっている。マンは自己の内のニーチェ的な精神の運命を描き、ブロッホは認識を美によって完結させようとする芸術の悪とその克服を謳い上げ、そしてムージルは思考の厳密さを神秘的な原体験に結びつけようとする精神の行方を見つめていた。しかも三人とも大戦という現実の中にあっておのおの芸術の超克を目ざしながら、奇妙なことに――あるいは当然なことに――おのれの芸術をいよいよ尖鋭化し、その表現力をほとんど不可能の域に接するまで押しすすめることに、全力をあげているかに見える。これは芸術の自己超克というもののもつパラドクスなのだろう。われわれはこれらの作品を読むとき、彼らが自己の芸術を人間的な現実へ帰順させようとしているのか、それとも独自の芸術の現実をいよいよ奔放に主張しようとしているのか、わからなくなることがある。

これが同じ時代を生きた三人の精神たちの晩年の大作に共通する偉大さとその矛盾である。しかしこの三人の中でももっとも苦渋な晩年を送ったのは、そしてその芸術においてもっとも分の悪い道を取ったのは、まずこのムージルであろう。表面的に見ても、マンとブロッホは晩年の大作をとにもかくにも完結させることができた。そして作品を完結するにあたって彼らを助けたものは、倫理的なものだった。倫理的なものが、芸術による現実の分解の極限で、より大きな現実として顕われて作品をつつみこんだ。それによってマンとブロッホは大戦後の時代のヒューマニズムへの欲求に応えることができた。それにひきかえ、ムージルは彼の省察と形象の完結点を倫理的なものに求めるすべを知らなかった。彼はその死の直前まで、厳密な思考を神秘な愛の体験に結びつけるという、どう考えてみても分の悪い試みを、技術者のように冷ややかに、しかも懸命にくりかえしていた。

思考と形象の厳密さ、それがムージルの「特性」だとされている。しかしこの厳密さというものは、明快さというものとはおよそ異なったものであることを知らなくてはならない。明快とはなんだろうか。この厳密にして明快ならざる作家を理解するには、そんな問いをまず発してみる必要がありそうである。明快とは、あれでもそれでもなくこれだということ、よく限定されてあるということである。しかしその限定のやり方は唯一可能なやり方だろうか、ほかのさまざまな可能性を思うときその限定のやり方はひとつの恣意へと崩れ落ちるのではないだろうか、そしてそのあとには荒涼としてはてしない自由が開くのではないだろうか——そうたずねるのが、ムージル流の厳密な精神である。してみると厳密な精神とはあらゆる明快なもの、安定したものの敵手であり、現実を非現実的へと崩壊させる悪意だとさえ言える。しかしまた——ムージルの考え方をさらにたどると——現実の中では、人はおのれの姿かたちをかたくなに守って、愛の中に残りなく溶けこもうとしない。それというのも、現実というものは、人が虚無を感じ取らぬようにおのれのまわりにめぐらした擬制、はじめは偶然に定められ、のちにただ戦々恐々と守られるもの、だからである。それにひきかえ、あらゆる現実が無効となる荒涼たる自由の中では、人はすでに姿かたちを失って、現実の中にあるような自分であることをやめ、愛する相手を個人として見分けることもできぬまま、しかもひとつの愛の感情の中に溶けこむことができるかもしれない……。つまりムージル流の厳密な精神と、その現実破壊の営みは、その衝動を、あくまでも献身的な愛への憧憬から得ている。

このような厳密にしてファンタスティックな心性はまた、ムージルが現実感覚に対して可能性感覚と呼んでいるものでもある。可能性感覚とは、ムージルの定義するところによれば、現にあるものに対して、またこうもありうるであろうもの一切を考える能力、現にあるものを現にないものよりも重くは取らずにいる能力のことである。この定義の限りでは、奇怪ではあるがそれ自体明快な考えである。しかしこの可能性という観念が、われわれの生活感覚にとってきわめて把握しがたい。可能性というと、われわれはどちらかと言えば、おそらく将来実現されるであろう事柄を思い浮べる。われわれは可能性というものを時と生成の流れにそって考える習癖から脱れられない。ところがムージルのいう可能性感覚とは、将来において実現されるかどうかは問わず現にいま考えられうるもの、われわれが理論《セオリー》の領分に打ち捨ててわれわれの現実感覚に干渉させぬものを、現にあるものと等しい重みで感じ取ることのできる感覚、ということはまた、現にあるものをなくてもまたありえたものとして感じ取ることのできる感覚である。おそらくその際ムージルにとって重要だったのは、可能性の理論によって現実の支配を失効させるという精神の自由ではなくて、現実がそのように眺められるときに取る異なった姿、それに対する繊細な感覚であったのだろう。そう考えると、可能性感覚とは現実に対する異なった感覚のことだとも言える。このことは可能性という言葉を潜在性という言葉で置きかえるといっそう明白になるかもしれない。潜在するものはついに実際に顕われることがないとしても、現にいま潜在することによって、現にいま顕在するものに力を及ぼさずにいない。そしてこのように潜在するものが顕在するものに絶えず及ぼす力に対する、顫えにも似た感受性、それが可能性感覚というものなのだろう。

これでムージルという作家のあり方を理解するためのひとつの糸口はついたように思われるので、次にこの本の中に収められた作品について語りたい。まず、「合一」(Vereinigungen) というひとつの表題にまとめられた、『愛の完成』(Die Vollendung der Liebe) と『静かなヴェロニカの誘惑』(Die Versuchung der stillen Veronika) について。この二つの作品は一九一一年、ムージルの三十一歳の年に世に出た作品で、彼の第二作にあたるものである。処女作は一九〇六年に発表された長篇『寄宿生テルレスの惑い』で、幼年学校に寄宿する目覚め頃の少年の奇妙な体験を描いて大いに好評を博した。ムージルはそのころ、陸軍実科学校を経てベルリン大学で哲学、論理学、実験心理学を学んでいたが、この処女作の成功によって作家への道を歩む志を立てたという。しかしこの作品には、すでにムージル的な発想と感情が見て取れるが、その文体を見ると、のちに真にムージル的なものとなった苦渋と孤独はまだ十分に現れてはいない。おそらくムージル自身、彼の才能の特異性をまだそれほど深く見抜いていなかったと思われる。その証拠に、それから数年して、「ヴェロニカ」小説の前身にあたる小説を短期間に書き上げ、さらに次作を求められたとき、ムージルは彼にとっておよそ縁遠いモーパッサンの流儀に従って、軽妙でシニックな姦通小説のようなものを短期間に書き上げようとしたという。それがなんと一年半の時を彼に費させた。この時期のムージルのことを想像してみるに、まずモーパッサン流の小説は早々と挫折の憂き目を見た。それから、小説らしいものを形づくろうという試みがくりかえされた。そのうちに小説は姦通というものについての通念を超えて、途方もない愛の試みの描出として拡がっていった。それにもまして彼に時を費させたのは、おのれの文章との格闘だったと思われる。作品はおそらくテーマがつかみ取られたのちにもくりかえし書き改められ、くりかえし細部を満たされ、使い古された滑らかな表現をたどたどしいまでに細密で初心な表現で置きかえ、そしてほとんど言葉では語りえぬ内的体験へと近づけられていった。こうして比類のない内容と文体をそなえた二つの作品が完結し、「合一」という表題のもとに世に出され、そしてまったくの不評だった。

この二つの作品が不評であったことについては、説明を要さないことだろう。まず、いかにも難解である。表現の細かさ・執拗さにはほとんど読者の忍耐を超えるものがある。しかもこのいかにも綿密な心像の連鎖は、あげくのはてにはとらえがたい余韻を残して空《くう》の中へ突き入ってしまうかに感じられる。そしてそのたびに読者はいらだたしい気持で最初の出来事のレベルまでひきかえして、心像の展開をたどりなおさなくてはならない。そして何よりも、出来事を描くべき小説がここでは出来事を止揚することに全力をあげているということに、小説を好む人は許しがたいものを感じるにちがいない。さらにまた詩人的な資質の人にすれば、ここでは表現が往々にして、あまりにも固い形象性をむき出しにして、「かのように」(als ob = as if) の構文があまりにも頻繁に使われているということが、心ではなくて頭脳から来る熱狂のしるしのように、おぞましく感じられることだろう。おそらくムージルの作品の中ではこの二つの作品がムージルの愛好者をふるいわける選別器のはたらきをすると思われる。

二つの作品の内でも、今述べたような要素がより露わに出ている『愛の完成』のほうを眺めてみたい。

この小説は題材からすればたしかに姦通小説である。ヒロインは愛する夫のもとを離れて三日と経たぬうちに、およそ心を惹かれぬ男に身をゆだねることになる。月並な姦通小説でないことに、作品の冒頭でヒロインと夫との愛の結びつきがいやが上にも親密な、いやが上にも精緻なものとして描かれる。しかしこの愛の親密さ・精緻さは、それでもなお完全な合一となりえないがゆえに、それゆえに瓦解を予感して顫えている。姦通小説にもさまざまな型があるが、このように愛する夫のもとを去って縁もない男に身をゆだねるというプロセスのものが、精神と感性のもっとも大きな冒険を要求するのではないだろうか。この小説においては、さらに、ヒロインは愛する夫との完全な合一を得んがために、まさにそのためにほかの男に身をゆだねる――このような、ほとんど不可能な愛の試みを描こうとすることによって、この小説は姦通小説の枠をはみ出す。小説というもののあるべき姿からもはみ出してしまっているのかもしれない。

ところで、この小説を読み通されたかたは、最後に、作者ムージルにも実際にこのような体験がなかったかどうかを知りたい気持にかられるのではないかと思う。残念ながら解説者は、ムージルの母親が夫以外の男を愛したという事実はあるがその他のことは定かでない、と答えて読者を失望させることとしか知らない。しかしこのような好奇心がどうしても湧いて来るということには、深いところに理由があるのかもしれない。まずこの特異なテーマを追う作者の執拗さのせいである。それからまた女の心の変化がいかにも微妙に鮮やかにたどられている。それにもまして、この小説の全体に男のまなざしの静かに顫えながら注がれているのが感じ取られるせいではないだろうか。この小説の全体には、冒頭で「それが行けないのだよ」と妻に答えて、それから「あたし、あなたを置いて旅に出るなんて、とても気がすすまないわ」と責める妻と深く目を見かわした夫の存在が、隅々にまで満ちわたっているように思える。さらに一歩進めて、この夫の内面こそが、妻の心の微妙な変化のプロセスをもふくめてこの出来事全体の舞台であるように、解説者には思えるのだ。これをもうすこし客観的に言いあらわせば、この小説に描かれた体験は女のものだろうか、男のものだろうか、という問いになるだろう。つまり、クラウディネの体験は女の存在から直接に発したものなのだろうか、それともそれは男の精神の冒険、男の精神から立ち昇ってきたきわめて肉感的な幻想なのだろうか。この問いに答える勇気はないが、解説者は『静かなヴェロニカの誘惑』の中にある「不安には女のようなところがある」という言いまわしを借りて、精神というものには、より大きな愛のために、いま有る愛を去って、偶然なものに身をゆだねる女のようなところがある、と言ってみたい。それはともかくとして、この『愛の完成』という小説は現代の姦通小説でありながら、究極の愛の合一というありえぬものへの予感を最後まで保持し、それによって現実の愛の不気味な崩れやすさと移ろいやすさ、そして愛をとりかこむ虚無の力を、いわゆる「愛の不在」を殺し文句にする姦通小説よりもはるかに鮮やかに、はるかに繊細に描き出したのではないかと思う。

『静かなヴェロニカの誘惑』は、その文章の完成度においては『愛の完成』の上に出る作品だと思われる。

『三人の女』(Drei Frauen) は一九二四年、ムージル四十四歳の年に発表された作品集である。それ以前に、すでに畢生の大作『特性のない男』の執筆が始まっており、さらにまた『特性のない男』の重要なモチーフをいくつか先取りしたドラマ『熱狂者たち』も世に出ている。そしてそれ以後、晩年に至るまで、ムージルは『特性のない男』にほとんどかかりきりになる。『三人の女』はいわば『特性のない男』という大流のつくり出した美しい中洲のようなものである。「合一」の二作との文章の相違は歴然としている。「合一」の場合のように、言いあらわしがたい体験に直接的に言語で接近していくために言葉や心像を表現の空隙に次々に投げこんでいくという行き方は断念され、言葉や心像をなるべく簡潔に置いてむしろ空隙に語らせるという行き方が取られている。「合一」の中で性急に追求されたテーマはそのとらえがたさのままひとまず調和の中へもたらされ、まるでおのずと深められるのを待っているかのように、作品の内部にやすらっている。これらのテーマは、晩年になって『特性のない男』の第二部で改めて尖鋭に追求されることになる。要するに、これは中期の作品である。

三つの作品のうち「グリージャ」(Grigia) と「ポルトガルの女」(Portugiesin) は見事に自分の足で立った美しい短篇小説であり、たとえそれだけアンソロジーの中におさめられたとしても、ムージルについての関心なしに十分に享受されるにちがいない。それにひきかえ『トンカ』(Tonka) は、ムージルという精神への関心なしに読まれるとき、訝りの念のほうを多くあたえるのではないだろうか。

この小説は、冷たく言ってしまえば、滑稽すれすれの小説である。新しい精神を自負する良家の青年がある下層の娘の、素朴で口数すくない存在に心をいたく惹かれ、偶然のきっかけもあり彼女を連れて都会へ出る。これは上層市民たちのロマンティシズムを甘く哀しく揺するお定まりの青春体験である。しかしまた上層市民たちはこのような体験の免れられない結末をよく心得ていて、同じような出来事がくりかえされるそのたびに、甘い憂愁と同時にわけ知りの笑いを浮べる。この笑いは、彼らがきわめて堅固な道徳的価値に従って生きる篤実な市民であるだけに、そのような道徳性を解かれて寛容になってしまったわれわれ現代人の苦笑のようには、なかなか〈無垢〉ではない。このような笑いがトンカという存在をとりまき、そしてこの小説を形づくるのに与っている。

主人公とトンカがひとつ部屋に暮らして月日を経るうちに、トンカは身ごもり、そして日数をかぞえてみると、それは彼の子ではない。妊娠と病気がどうのこうのと書かれているくだりは、現代のわれわれの医学知識にかならずしも合致しないことなので、それには頭を煩わさずに、ただ日数の合わぬ妊娠と、それから悪い病気という言葉から篤実な上層市民が思い浮べそうなイメージとに、限って読みすすんでいただきたい。これもまだお定まりの青春体験に属するもので、いまや主人公は分別を取りもどして〈迷いつかれた羊〉として上層市民の生活の中へかえり、そしてこの体験を篤実な人生の中に思い出として留めるべき境い目に立たされる。ところが、日数のあわぬ妊娠という事実がトンカについて決定的な意味をもつことを、彼は拒む。このとき彼のまわりに生じるのは市民たちの哄笑ではなくて、もはや口もきけぬ困惑である。このような困惑の沈黙を感じながら、彼は事実とトンカとをなんとか折り合わせようと医者をたずねてまわる。

主人公を意識において支えるのはおよそ次のような論理である。人の判断の根拠となる自明な真理というものは、厳密な立場から見れば、極端の可能性を切り捨てた蓋然性、いわば九十九パーセントの可能性にすぎない。とすれば、いわゆるありえぬことは、同じく厳密な立場からすれば、残り一パーセントの可能性であり、当然それ自身の権利をもっている。しかもそれが彼のほかならぬトンカに関することであるとすれば、一パーセントの可能性は彼にとって九十九パーセントのそれと等しい重みをもってはならないだろうか。こうして一パーセントの可能性に立つとき、九十九パーセントの可能性から成り立つ現実というものはどうしても分解せざるを得ないであろう。日数に合わぬ妊娠という事実から、純真なトンカを救うためには、現実は廃棄されなくてはならない。——しかしこれはまともに唱えられた主張ではない。孤独の表白、彼のトンカ像を抱いて現実の中で孤立していく主人公の感情の表白である。

これだけのことを語って、小説の肝心なところは読者の繊細な感覚にゆだねるのが、解説者にとって分相応なやり方である。ずいぶん意地の悪い読み方も可能であろう。しかしどのような読み方をしても、最後にはおそらく同じ核心に行きつくことだろう。その核心は主人公の「トンカ！」と叫ぶ声によって表されると思う。ただ、純真なトンカと、日数の合わぬ妊娠との、二者択一という前提を受け入れられない読者のために、ひと言いっておきたい。この二者択一を受けいれられないということ自体は正当だと思う。たしかに、一見絶対的に矛盾撞着するかに見える観念の間まで分け入っていくことのできる繊細な現実感覚からすれば、トンカが実際に他の男と関係しながら、なおかつ純真に主人公のほうを向いた存在でありつづけるということは、なにも可能性感覚とか現実の廃棄とかに訴えなくても、きわめて微妙ではあるがとにもかくにも現実的なレベルで洞察しうることである。しかし、ここにあるのは観念性によって支えられている一精神である。この精神にとっては、おそらく堅固な観念どうしの矛盾撞着を通じてしか、いま述べたような微妙な現実のひだの中へ分け入っていくことができない。ほかならぬこのような観念の道から入ることによって、彼は人間の心の孤独と愛をもっとも醇化された姿で描き出し、そしてちょうど緊張した弦からはじめて美しい音が響き出るように、独特な抒情性を得た。

最後に「黒つぐみ」(Die Amsel) は一九三六年に発表された『生前の遺稿』という人を食った表題をもつ散文集の中に収められている。この小説ははじめに登場人物をA[1]およびA[2]という記号であらわすやり方や、あるいは現代のビル生活を思わせる都会生活の描写によって、きわめて冷たい理知性の展開を思わせるが、だんだんに調子が変わってきて、最後にはふくよかな、あまりにもふくよかな宗教的心情の表白に終わっている。ムージルの作品における理知性と抒情性との独特な共振れに魅せられてきた人は、おそらくこの小説を読みすすむうちに、あまりにすなおに流れ出てくる作者の心優しさに、目をそむけたくなるような感動をしばしば覚えるのではないだろうか。異端者の敬虔さとでも言うものを見るような気がする。

訳者解説

循環の緊張

岩波文庫版「訳者からの言葉」

1

読者にはたいそう難解な作品を提供したようにおそれられる。しばらく、読みすすんでいただきたい。初めの一節二節をこらえて吟味していただきたい。まもなく、これがこれなりに明解な文章であることに気づかれることだろう。しかも明解さをしだいに解体していく、そのような質の明解さである、と。あるいは明解さをいきなりその正反対へ転ずる、と。その背後にはきわめて厳密な知性がある。そして厳密の知性と超越の感情、きりつめた把握と果てしもない伸長という、独特な結びつきがこれらの作品の基調となっている。そのことを読者はやがて感じとられるだろう。

また読み手としていかにも反復になやまされる作品、と思われるかもしれない。とくに、「ような」と「いきなり」がじつに多用される。訳者はその中から訳文には不用と思われるものをできるだけ消去しようとつとめたが、それにもすぐに限界がきた。矯《た》めすぎれば、原文の質が失われる。おそらく、原作が発表当時に不評を買ったというのも、それが大きな理由のひとつとなったのだろう。しかしそれが悪文のしるしでないことは、ぜんたいの文章の、何といってもきびしい、けわしいほどの凝縮度からわかる。部分はそれぞれきわめて簡潔でさえあるのだ。また、それが表現の必然から来るものであることは、これらの言葉の反復によって、文章がくりかえし微妙な感情や形象のあいだを通って超越の境へ伸びていく、あるいは超越の方向へ振れる、その呼吸によってわかる。訳文からもそのことは読み取れるはずだ、とここで訳者の口調はどうしても、やや懇願の色をおびる。

とにかく、分解するうちにいつか、あるいはいきなり、歌っている。それがこの作品のむずかしさと言えばむずかしさになる。また、歌うために分解するという手続きにも、読む側はなじまなくてはならない。それどころか、最後には歌ってもならない、と作中の或る箇所ではそういましめられている。この運びに乗れるかどうか、今の世に物を思い物を感じる人間として、そこが境目となってくる。

『愛の完成』と『静かなヴェロニカの誘惑』は二作ともに、第一次大戦前の一九一一年、作者三十一の歳に、ミュンヘンの出版社から発表された。二作ひとつに、「合一」あるいは「一体化」と訳せる、Vereinigungenという表題にまとめられている。

作者のロベルト・ムージルは一八八〇年、オーストリア南部の国境に近い小都市クラーゲンフルトで生まれた。父親は工業専門学校の教授までつとめて晩年には貴族の称号をさずけられた技師であり、ムージル自身も少年期に実業学校から陸軍実科学校へすすみ、さらにウィーンにある軍の技術学校を出たあと、父親の教えるブリュン（現在はチェコスロヴァキアのブルノ）の学校で機械工学をまなび、技師の国家試験を受けたあと同地の歩兵連隊に勤務した。つまり、軍人であり技術者であった。さらに二十三の歳からベルリンの大学で哲学、論理学、実験心理学をまなんで、二十八の歳には哲学および物理学および数学の学位を取った。哲学、物理学、数学——これがここにおさめられた二作の執筆の時期にかかっていることは、頭の隅に入れておくのがよいだろう。また、父方は古いオーストリアの家柄らしいが、母方はドイツ・ボヘミア系だという。これもそれらしい雰囲気が作中にある。いずれカトリックの圏内である。

一次大戦中には、戦時召集らしく、大尉としてイタリア戦線に出た。大戦後はウィーンにあってオーストリア外務省の新聞の発刊にたずさわり、その後、ベルリンで作家活動をつづけた。一九三三年にはナチスを避けてウィーンにもどり、さらに三八年にはチューリヒに亡命、その間に著作はナチスにより禁書にされ、そして二次大戦のさなかにジュネーヴで没している。六十二歳になる。

作品はこの二作の以前に小長篇『寄宿生テルレスの惑い』、以後の中年期には短篇集『三人の女』や戯曲などがあり、そして未完に終わった大長篇『特性のない男』がある。
まことに素っ気もない紹介、文学の愛好者をむしろ敬遠させるような経歴ばかり拾うかたちになったが、これもまた、異和感によってかえって読者をこの作品の魅惑の内へ深く誘いたいという、訳者のせつなる願いから出たものだ。

2

『愛の完成』という。完全なる成就のことだ。つきつめれば、夢想によってわずかに表象され、夢想よりもさらにかすかな感情によってかつがつに感知されるところのものだ。その前にしかし、そこへ向かってぎりぎりまで寄ろうとする厳密な知性の跡がたどられる。対象が対象だけに、その動きはどうしても無限接近になる。そしてそれが無限域にさしかかるあたりか、ときにはそのかなり手前と思えるところで、「いきなり」の転換が起る。すぐれて論理的であり、そのまま同時に、ただ想念の境地《さかい》の一変したその感じ、その感情、その感触、その感覚でしかないことがある。あるいは「のような」の心象をつらねて、心象のうちにまた心象が生まれ、次元を移っていく。おもむろな推移に見えるが、さしあたり行き着いたところから初めの地点を振りかえれば、やはりかなりの急転ではある。しかもそれは再三再四くりかえされる。「いきなり」の戦慄とともに読者は何事か、ただ内面においてにせよ、決定的に起ったという印象を受ける。しかし言葉は無限域のはるかへとだえながら散って、目の前にまた一人の女、その心理と肉体がある。この反復も、めざす対象が対象だけに是非もない、とまず取るべきだろう。

姦通小説であった。ムージルは初めにこの題材によってモーパッサン流の小説を、短期間に書きあげられると考えて着手した、と伝えられる。それが予想外の労力と期間をついやして、このような作品へ展開したという。おそらく、観念と感情とが、超越的なものへ向けて、いちじるしい増殖を見たのだろう。哲学、物理学、数学にわたる学位論文を書きあげたのと、地続きの精神によって、と推測される。

外的な出来事からすれば、姦通小説にはかわりがない。それもかなり隠微な部類となることは、すでに冒頭において定められている。まず初めに夫婦のつながりが、この上もなく繊細で精緻なものとして描かれる。すでにして愛の完成と紛らわしい。ところが、この微妙なバランスでたもたれた充足の周囲をすでに第三者たちがさまよい、部屋の内には相互に解体の予感が動いている。その部屋の情景の中からひとつ、窓にかかった目隠しを、目にとめていただきたい。目隠しなる言葉を訳者はやむを得ずあてた。物はブラインドにちがいないが、原語はJalousie——フランス語の「嫉妬」である。

嫉妬とはまず人が人に対して抱くものである。しかしここではそれより以前に、貴重に保持されたものの、その内と外とにかかわる感覚である。これはこの作品において特徴的なものだ、とはまず言える。

夫婦がともに思うGなる人物は、ドン・ジョヴァンニ風の人物であろう。ところで、いやが上にも精緻な相互の情によって夫につながれる女性が、その夫のもとを仮りに離れるやいなや、「愛」の感情にほとんど肉体的な解体をきたし、三日とたたぬうちに、どうでもよい第三者に身をゆだねる。これは姦通小説として、人の心情のはかなさをたどり、壊された関係の彼方に荒涼とひろがる境をあらわす、というはたらきによってだけでも読者に一種の満足を与えるはずのものだ。しかし、愛する人との、その愛を完成させるため、その愛の現在性、事実性、その偶然性を越えていま一度、完全な相互性の中で結びつくために、この肉体を外へ投げ出す、という発想にまで至ると、読者は困惑を通り越して、ただあきれながめるかもしれない。これによって作品は、姦通小説を超えてしまう。有限の関係から、無限域へ踏み入る。限定による愛を、無限定の境へ抜けるこころみとも言える。そして愛の前提である諸限定をひとつずつ解体していき、感情よりもかすかなものでしか触れられぬ彼方をのぞかせるのが、厳密な思考のはたらきであり、それを、惑乱した女性の肉体が行うのだ。あとは、訳者は黙ったほうが賢明である。ただ高年に至って、弱年の時よりもいっそうしきりと、あきれつつ舌をまきつつ訳し返したものだ。

3

『静かなヴェロニカの誘惑』は、その表題がすでに聖女の存在を連想させる。「聖なる」のかわりに、「静かな」という形容詞が置かれたかたちになる。誘惑とはむろん、誘われる、ためされる、という意味である。

『愛の完成』と、どちらがより難解か。文章の簡潔さはむしろこちらの作品のほうにある。すくなくとも、よりきりつめられてある。そう聞くと、すでに作品の内に入りかけた読者はすこし意外に思うかもしれない。削《そ》ぐことによる簡潔さよりは、束《つか》ね締めることによる簡潔さといえばよいか、その国語の凝縮力を存分に、しばしば力ずくで駆使するので、外国語へ移すには難儀がともなう。

作品を三分の一ほど読みすすんだ、一一〇ページの辺に、女主人公の姿態が描かれている。その特徴を強くつかんで、無造作にちぎり投げたふうな描写であり、十分に訳しおおせたかどうかはおぼつかないが、とにかく姿はあらわれている。先の作品ではあれだけ女性の肉感を微細にたどりながら、その姿態はとくに浮かばせなかったのと対照的である。表題に「静かなヴェロニカの——」とあるからには、小説を読む者としてはこの姿態を、超越のはるけさへ漂いやすい作中にあって、しかと眼中に留めておくべきだろう。

　この女主人公の念頭にくりかえし、獣が立ちあらわれる。獣とは鳥もふくむ。虫のたぐいまでふくまれるところだが、動物と訳してしまってはなにやら身も蓋もない気がする。竜やら怪獣やらも遠く踏まえられているかもしれない。その獣が、女主人公の想念がある方向へ伸びていこうとするとその前に立ちふさがる。その方向の先には「神」とも呼ばれるような、しかし神格の見えぬただ神秘な空間、あるいはただその空間の感じ、その感情感触があり、その中にあっては人格もほどかれ、ただひとり自足する精神性の極致のごときものが想われる。これが神との合一、Unio《ユニオ》 Mystica《ミスティカ》の境地としてもとめられ、これに立ちふさがるのが獣であれば、まさしく「聖ヴェロニカの誘惑」の図になるところだが――。

　この孤独な自足を体現しているかに見えるヨハネスなる男性に対して、それこそ獣だ、とヴェロニカは拒絶の叫びをあげる。それほどまでに人格をなくしていられるのは獣でしかない、と。さらには、獣よりももっと獣だ、と。心の内では、人と人とが相互の中にのこりなくとけあう、つまりそれぞれの人格にさまたげられぬ、完全な融合を想っている。

　そのヨハネスに自殺を約束させて南の海へ旅立たせ、一夜、神秘な合一の体験、のようなものがある。それがこの作品の中心であり、幻想と幻滅との境目あたりにおいて、しかも心身をあげて、周囲の物たちとともに、何が起ったのか、何も起らなかったのか、あるいはもとめたのと別のものが派生したのか、その辺の微妙な事態の解説は訳者の手にあまる。できるかぎり丹念に訳したので、それぞれ読み取っていただきたい。

それから、幻想に去られたヴェロニカの肉体のさまよいがあり、やがてもう一人の男、獣めいたデメーターと家の内に二人きりいることに驚かされ、ある日、二人は通りがかりに、階段の下あたりでか、並んで立ちどまる。立ちどまって、何か別の話をかわそうとして、結局は話さずに、その時はどうやらそのまますれ違う。そこで小説は終わるわけだが、その後に『愛の完成』と同様のことが起るのかどうか、訳者は正直なところ不明としておきたい。ただ、いずれヨハネスがもどってくるだろう時のことが、デメーターを前にして、ヴェロニカによって想われている。初めにヨハネスがどこやらからもどってきて、異なった雰囲気を身にまつわりつけていて、ある日、デメーターがヨハネスをなぐる——これがストーリーの前後関係としては小説の発端になる。作中、ヨハネスの自殺行があり、ヴェロニカからの逃亡がある。末尾が発端につながるとは単純に言えないが、しかし作品を通して、いたるところに循環の緊張がひそんで、いまにも環の裂けるのを予感してふるえているように、訳者には思われる。

4

この翻訳は初めに昭和四十三（一九六八）年十月、筑摩書房版『世界文学全集49　リルケ・ムージル』におさめられた。それからほどなく訳者は教職を去って作家業に専念することになり、それきりドイツ文学ともドイツ語ともわたりあうことが絶えた。それが今年（昭和六十二年）になり、岩波文庫より再刊をすすめられ、だいぶためらわれたが、十分に手を入れることを自身にたいする条件として、おひきうけすることにした。

改訳は旧稿を原稿として、原文に照らしあわせ、苦心惨憺、まるひと夏かかった。さらに秋に入って半月、校正刷を前にして、どのページもそうとうに朱《あか》くなるまで手を入れた。一日に十時間も粘ったあげく、翻訳は、テキストが逃げていかないからな、と苦笑させられた夜もあった。結局、訳者にとっては二十年越しの仕事となった。

わたくしごとながら、奇妙な心地がした。まず原訳者がいる。そしてそれと同じ年齢であった、作品執筆当時の原作者がいる。その両者が今では訳者よりも、ほぼ二十も年少になる。その間また、訳者には作家としての歳月がある。原訳者にはどうしても多々注文をつけたい。それがどうかして原作者にまでおよびかけた。もちろん、つつしんだ。原訳者とて、この際、別人格として待遇しなくてはならない。

　またついでながら、今から二十何年か昔に翻訳の文章の平易平明がとなえられ、全般に訳文のおもむきがそれまでとずいぶん変わった。しかし平易は安易と違う。まして、読者の欲求や追究力を安く踏むことではない。そして平明は、平明こそ難解だという事情がある。すくなくとも、平明であるためには、文章は張っていなくてはならない。また、難解を忌むところから、精神が衰弱をきたすおそれはある。

ライナー・マリア・リルケ

ドゥイノ・エレギー訳文

『詩への小路』

1

ライナー・マリア・リルケの「ドゥイノの悲歌」と呼ばれる難物を、第一歌だけであるが、訳すという無分別を冒すことになる。無論、試訳である。訳文と言ってもよい。エレゲイアーとは古来、六韻律《ヘクサメーター》一行と五韻律《ペンタメーター》一行、この一組を単位とした詩の組立てになり、リルケもこの単位を踏んでいるが、印欧語の六韻と言い五韻と言い、これを日本語に移すのは、すくなくとも私にとって、不可能であり無意味でもある。追い込んで訳すことになった。遠い琴の音に、ここに転がる土器《かわらけ》がつかのまでも共鳴することもありはしないか、とその程度の期待である。

*

誰が、私が叫んだとしてもその声を、天使たちの諸天から聞くだろうか。かりに天使の一人が私をその胸にいきなり抱き取ったとしたら、私はその超えた存在の力を受けて息絶えることになるだろう。美しきものは恐ろしきものの発端にほかならず、ここまではまだわれわれにも堪えられる。われわれが美しきものを称讃するのは、美がわれわれを、滅ぼしもせずに打ち棄ててかえりみぬ、その限りのことなのだ。あらゆる天使は恐ろしい。

それゆえ私は思い留まり、声にならぬ嗚咽をふくむ呼びかけを呑みくだす。ああ、誰をわれわれはもとめることができようか。天使をもとめることも、人間をもとめることも、ならない。しかも敏《さと》い動物たちはすでに、われわれが意味づけられた世界にしっかりとは居ついていないことに、気がついている。どこぞの斜面の木立が変らず留まり、日々に出かければわれわれはそれに出会う。昨日の街路が変わらずにあり、そして年来の習慣が、われわれの傍が気に入って、伸び切った忠実さを見せて順《したが》ってくる。そのようにして習慣は留まって過ぎ去らずにいた。

そして、ああ、夜が来る。宇宙を孕んだ風がわれわれを顔から侵蝕するその時が。いずれこれの訪れぬ者があるだろうか。待ちかねた夜、穏やかに幻想を解《ほど》く夜、苦しい夜が行く手に控えている。愛しあう者たちにとってはよほどしのぎやすいだろうか。彼らはそれぞれ分け定められたものを重ねあわせて覆いあっているにすぎない。

お前はまだ悟らないのか。腕を開いて内なる空虚を放ちやり、お前の呼吸する宇宙に、付け加えよ。おそらく鳥たちはよりやすらかになった翼に、大気のひろがったのを感じ取るだろう。

たしかに、春はお前をもとめた。幾多の星もお前に、その徴《しるし》を感じ取ることを望んだ。過去から波が立って寄せる。ひらいた窓の下を通り過ぎると、弦の音がお前に寄り添う。すべて、何事かを託したのだ。しかし、お前はそれを果したか。そのつど、すべては恋人の出現を告げているかのような、期待にまだ紛らわされていたのではないか。大きな見知らぬ想いの数々が出没して、しばしば夜まで去らぬという時に、恋人をどこに匿まうと言うのか。それでも憧憬の念の止まぬものなら、愛を生きた女たちのことを歌うがよい。かの女《おんな》たちの名高き心はひさしくなお十分の不死の誉《ほまれ》を得てはいない。男に去られながら、渇きを癒された者よりもはるかに多く愛したあの女たちを見れば、お前は妬まんばかりになるはずだ。けっして十全な称讃とはなりきらぬ称讃を、繰り返し新らたに始めよ。考えてみるがよい。英雄はおのれを保つ。滅びすら彼にとっては生きながらえるための口実にほかならず、じつは究極の誕生にひとしい。しかし愛の女たちは究め尽した宿命を、内へ納め戻す。あたかも二度と、これを為し遂げる力も尽きたかのように。かのガスパラ・スタムパの生涯をお前は十分に思ったことがあるか。恋人に去られたどこかの娘がこの愛の女の、高き手本に接して、わたしももしや、あの人のようになれるのではと感じる、そんな学びもあるということを考えたか。これら往古よりの苦悩を、われわれにとってついに稔りあるものと成すべきではないのか。愛しながらもなおかつ、愛する人のもとから身を解き放たんとして、その解放の境に震えつつ堪えるべき、その時が来たのではないか。矢が弓弦《ゆんづる》に堪えて、放たれる際《きわ》に力を絞り、おのれ以上のものにならんとするように。滞留は何処にもないのだ。

声がする。呼んでいる。聞け、私の心よ、かつて聖者たちが聞いた、せめてそのように。聖者たちは巨大な呼び声を耳にして地から跳ね起きた。しかしかの女人たちは、信じ難きあの者たちは、ひきつづき跪いたきり、耳にも留めずにいた。そのようにして、聞く者であったのだ。お前が神の、声に堪える、と言うのではない。到底堪えられるものではない。しかし、風と吹き寄せるもの、静まりから形造られる不断の音信を聞き取れ。かの若き死者たちからいまやさざめきがお前のもとまで伝わる。どこへ足を踏み入れようと、ローマの寺からもナポリの寺からも、彼女たちの運命が静かに語りかけはしなかったか。あるいは気高き墓碑銘が何かを託しはしなかったか。先頃には聖マリア・フォルモサの碑文が。あの女たちは何事を私にもとめているのか。霊の純粋な動きを時にすこしばかり妨げる、誤解の外観をひそかに拭い取ってほしいとの心に違いない。

たしかに、この世にもはや住まわぬとは、不可思議なことだ。ようやく身についたかつかぬかの習慣を、もはや行なわぬとは。薔薇や何やら、もっぱら約束を語る物たちに、人間の未来にかかわる意味をもはや付与しないとは。かぎりなくおそれる両手で束ねてようやく何者かであった、その何者ではもはやなくて、名前をすら壊れた玩具のように棄て去るとは。不可思議なことだ、願いを先へと継がぬとは。不可思議なことだ、互いに関連しあっていた事どもがあのようにてんでに解かれて空中へ飛び散るのをただ見送るとは。死んであるということは労多きものであり、死者自身が徐々に一片の永遠性を感じ取るまでにも、およそさまざま追って埋め合わせなくてはならぬ事どもに満ちている。しかし生者たちはすべて、あまりにも截然と分けるという誤りを犯す。聞くところでは天使たちは、生者たちの間を往くのか、死者たちの間を往くのか、しばしば弁えぬとか。永遠の大流はあらゆる年々を、生死の両域を貫いてひきさらい、その響きは年々を両域ひとしく圧倒する。

結局のところ、若くして奪い去られた者たちは、われわれをもとめはしない。死者はこの世の事どもから穏やかに離れていく。赤児が母親の乳房から育つにつれて安らかに離れていくように。しかしこれほどに深い秘密をもとめるわれわれは、哀悼の心からこれほどしばしば喜ばしき進展の起こるのを見るわれわれは、われわれこそ、あの死者たちなしに済むだろうか。あの往古の伝説はむなしいだろうか。昔、リノスを悼む悲歎の最中《さなか》に、思い切った最初の音楽が、暗澹とした硬直を破って溢れ出たという。ほとんど神々にもひとしかった青年がいきなり、殺されて永遠に去ったその跡の、恐懼にこわばった室の中で初めて、空虚がやがて振れ動いて、現在われわれの心をも魅了し慰め助ける楽の調べと化したという。

＊

以上、負け戦をついに上手に引けなかった。六韻・五韻と言っても、古代の長短の韻律に運ばれる悠々たる流れと違って、近代の強弱のアクセントに追われる展開になるが、それでもリルケは前後の切迫の中に、池か沼のような、横のひろがりを留保している、とは感じ取れるのだが、これを訳し取ることが、本来日本語はそれに得手のはずなのに、意味をたどる訳者にさらに余裕はなく、出来なかった。

詩の冒頭に天使があり、天使に呼びかけようとしている。これが訳者にとって、結局、最大の難儀であった。天使、天球、秩序。そして秩序も世界も宇宙も、荘厳も装飾も、すべてコスモスである。文様も文章も、詩もこの内に入るのだろう。天球を頂いて、天球をおのずと映そうとして叶わぬ心の、悲歌であるようなのだ。

2

詩を読んでいる間はともかく、かりにもこれを「散文」へ訳そうとする時に、たちまち感じさせられるのは、私のような流儀の者でも、作家というものはつねに時間の前後関係に沿って文章を組立てているということだ。読んでいる分には不都合とも気がつかないのに、訳するとなると詩文の時制《テンス》の自在さに躓く。つまり事の、人事の、経緯のほうへおのずと関心が向くということだ。たとえば触れ合った男女の、その重ね合わせた箇所に感じられる純粋な持続、とあれば抱擁か、それ以上の進展を思う。ところがその後から、接近の初めの頃の、奇異な、存在と行為の分離が同じ時制の平面において指摘される。しかし原詩の「時」には、さわらぬほうがよい。

*

あらゆる天使は恐ろしい。それであるのにわたしは、哀しいかな、御身たちを、人の命を奪いかねぬ霊鳥たちよ、その恐ろしさを知りながら、誉め歌った。天使のうちでも最も輝かしきラファエルが簡素な戸口に、旅人の姿にすこし身をやつして、もはや恐るべき姿ではなしに、若者が若者をしげしげと眺めやるふうに立った、あのトビアスの昔は何処へ往ったのか。今ではもしもかの首天使が、これこそ危険な天使が、星々の彼方からわずかに一歩でもこちらへ向かって降ったとしたら、迎えて高鳴る心臓がわれとわが身を打ち砕くことになるだろう。御身たちは誰なのか。

黎明に生まれ合わせ、御身たち、天地創造の恵みをありあまるほどに享けた寵児たち、万物の尾根、曙光に染まる稜線。花ひらく神性より飛ぶ花粉、光を自在に伝える継ぎ手、廊であり階であり玉座であり、生きとし生けるものから成る部屋部屋であり、歓喜から成る楯であり、恍惚の嵐の渦であり、そしていきなり、一個に立ち戻って、鏡。流れ出たおのれの美をおのれの顔の内へまた吸い納める。

ひきかえこのわれわれは、物に感じたところから、蒸散させる。ああ、われわれは自身を息と吐き、そして納め戻さない。焚火から焚火へ、匂いを加えながらかすかになっていく。誰かが言ってはくれるだろう。いいえ、あなたはわたしの血の内に入ってます、この部屋も、また来る春も、あなたの匂いに満ちてます、と。それがしかし何になる。そう言う人もわれわれを留められず、われわれはその人の内から、その周囲から、消えていく。そして美しかったあの人たち、誰があの人たちを繋ぎ止めるというのか。絶えず顔に表情が浮かんでは去る。朝の草の露のように、われわれのものはわれわれのもとから発っていく。顔の火照りのやがて冷めるのにもひとしい。ああ、微笑んだ。この笑みは何処へ往ってしまうのか。ああ、眉をあげる。あらたに暖く立っては逃げて行く心の波。哀しいかな、しかしこれが、われわれなのだ。宇宙は、われわれがその中へ融けこんで、われわれの味がするだろうか。天使たちはほんとうに自身のものだけを、自身から流れ出たものだけを納めるのか、それとも時には、間違いのように、われわれの存在のなにがしかがそこに加えられるのか。われわれは天使の面立ちの中へ、妊婦の顔に漠とした面影の潜む程度には、紛れこむのか。天使たちは自身の中へ渦巻いて還るその烈しさのあまり、それを気に留めていない。どうして留めることがあろうか。

愛する者たちは、それだけの聡さがあるならば、夜気の渡る中であやしみあうことだろう。というのも、すべての物はわれわれにわれわれの実相を隠している様子に見える。見るがよい。樹木たちは存在する。われわれの住まう家々もなお存続する。われわれひとりがすべての物を掠めて風に吹き抜けられ、内と外とを絶えず交換させるように、通り過ぎていく。そしてすべての物は意を一にして、そんなわれわれを見ながら口をつぐむ。なかばはおそらく恥として、またなかばは、言葉には表わせぬ希望と見て。

愛しあう者たちよ、お互いの間に自足する者たちよ、君らにわたしはわれわれの存否《ありなし》を尋ねたい。君らはお互いを摑んでいる。証拠のあることだろうか。見たまえ、わたしの両手がお互いをしかと感じ取り、わたしのすりきれかけた顔がその中に逃れてしばし安堵する、ということはわたしにもある。そこにいささかの自己感覚も生じる。しかし、それだから自分は在る、と思い切れる者はあるだろうか。それにひきかえ君ら、君らは恋人《あいて》の恍惚の中で存在を増して、そのあまり圧倒された恋人が、これ以上は堪えられないので、と懇願するまでになる。お互いの掌の下で、葡萄の年々のように、いよいよ豊醇になる。時折は消えかかるのも、恋人の存在が完全にまさるという、その理由しか知らぬ。その君らにわたしはわれわれの存否を尋ねたい。わたしは知っている。君らはお互いに触れ合って至福の心でいる。愛撫は保持するので。君らの、繊細な者たちよ、覆い重ねているその箇処《ところ》は、消え去ることがないので。君らはそこに、純粋な持続を感じるので。それで君らは抱擁の、ほとんど永遠を約束し合うまでになる。しかし、初めの幾度かの見つめあいに堪えて、窓辺の人恋いにも堪えて、初めての一緒の散歩、庭を通ってその一度も越える時、それはなお君らだろうか。さらに君らが、お互いがお互いを、口もとに運び、口もとに押しつけ、美酒が美酒を傾けるようにするその時、何と奇異にも、飲む者が、飲むという行為から失せるではないか。

アッティカの昔の墓碑の立像に見られる、人間の分を弁えた男女の手つきの心づかいは、君らを感嘆させないか。愛情と別離の手が、われわれの時代とは異った素材に成る衣の軽さで、肩に掛けられているではないか。その手が、胴体のほうには力がこもっているのに、すこしの重みを感じさせずに落着く、その様子を思うがよい。この自制の人たちはその手つきで以って、知っていたのだ。この限りがわれわれなのだ、このように触れ合うのが、これがわれわれの分なのだ、と。神々はもっと強くわれわれに迫る、しかし、それは神の事柄なのだ、と。

われわれもまた、澄明な、慎ましい、細く狭い、人間に相応な境域を、河川と岩山の間にわずかにひとすじわれわれに余された肥沃の地を、見出せればよいものを、そう願う自身の心がなおかつ、岩水の奔流に劣らず、溢れてわれわれを押し流す。その荒ぶる心がやがて立像の中へ受け止められてそこで宥められるその姿をも、さらには神々にも似た肉体を取り、おのれを治めてより大きな存在となるその姿をも、済んで眺めることは、われわれにはもはや叶えられない。

＊

ライナー・マリア・リルケの「ドゥイノの悲歌」を第二歌まで、懲りずに訳すことになった。無謀もさることながら、時節はずれの試み、徒労と言うべきかもしれない。

昔、古参の能楽師が幕の蔭からアイの狂言の台詞へ耳をやりながら、この曲は、長年舞って来たが、こんな筋だったたか、と事もなげにつぶやいたという話を聞いたことがある。引き合いにするのも畏れ多いが、下手なアイの狂言のようなこの訳文を綴りながら、長年何を読んできたのだと呆れることしきりで、あげくには、これきし読めない者が何で訳すのだ、とちょっと理不尽のようなケンツクとなった。

しかし読むことは、下手は下手なりに、これも舞いではないか。

3

第三歌まで訳すことになった。分別は利かないものだ。踏み出したはいいが、もう腰が引けている。これも恐ろしい歌である。呪いを招来しているかに聞こえる。哀しみと響くか、僭上と響くか、その境の抑制がむずかしいところだ。目をつぶって渉ることにする。

*

愛する人のことを歌うのもよい。しかしすべての張本であるかの血統の河神を歌うのは、哀しいかな、また別のことなのだ。女はこれに遠くから触れて、わたしの恋人と見る。しかしその青年自身とて、おのれの欲求を支配する者について、何を知るだろうか。娘の心の静まる間もなく、孤独へ戻った男の内から、しばしば傍らに人もないかのように、むごくも、得体の知れぬものを滴らせながら神の頭《かしら》をもたげ、夜の闇をはてしもない嵐へ掻き立てるあの者について。おお、血統というポセイドン。おお、その恐ろしき三叉の矛《ほこ》。おお、青年の胸の、貝殻をこじあけて起こる暗い風。夜は中空となり洞ろな叫びを立てるではないか。運命の星座よ、恋する男がその恋人の面立を慕うのも、そなたたちから由って来た、定めではないか。男が恋人の容貌の、純粋な相を懐かしく見て取るのも、星座の純粋な相から来ることではないか。

青年の眉をあのように強く、期待の弓へ引きしぼらせたのも、哀しいかな、母親よ、あなたではないのだ。青年に寄り添う娘よ、お前に触れて彼の唇はあのように豊かな言葉の稔りへたわんだのではないのだ。お前は実際に思っているのか、お前のかろやかな出現が、春風のように渡るお前が、彼の心をそれほどに揺すったと。たしかに驚愕させはした。しかしその感動の衝撃に乗じて、もっと古い驚愕のかずかずが彼の内へなだれこんだ。彼を呼んでみるがいい。しかし暗い類縁の繋がりの中から彼をすっかりこちらへ呼び出すことはできない。声のほうへ行こう、と彼は意志する。実際に走り出る。お前の親しい胸の中へ飛びこみ、安堵の息をついて、そこに馴染んで、自分自身を取り、自分自身を始める。しかし彼があらためて自分自身を始めたという時は、いつかあっただろうか。

母親よ、あなたは彼を小さい者につくった。彼を始めたのは、あなただ。あなたにとって彼は新しい者だった。その新しい眼の上へあなたは親しい世界を撓《たわ》めて覆いかけ、見知らぬ世界の侵入を防いだ。あなたがそのしなやかな姿だけで彼を庇って混沌の荒波の前に立ちはだかった、あの年々は、ああ、どこへ往ったのか。多くのものをあなたはそうして彼のために隠した。夜には怪しくなる部屋を、あなたは無害にした。避難所のたくさんにあるあなたの胸の中からあなたはひと気のまさる空間を彼の夜に加えた。暗闇の中へではなく、より近いあなたの存在の中へ、あなたは夜の灯を据えた。そしてそれは親愛の光をひろげるかに見えた。どこで床が軋んでもあなたは微笑みながらその正体を明かして知らぬということはなく、いつ床板が気迷いを起こすか、まるでその時をとうに心得ているかのようだった。そして彼は耳を傾け、心が和らぐ。それほどのことを、あなたはやさしく立ち上がるだけで、できたのだ。戸棚のうしろへ、長身を外套につつんで、彼の運命は隠れ、カーテンの襞の中へ、出没自在の、彼の不穏な未来はぴたりと身を潜めた。

そして彼自身、寝床に落着いて、安堵した小児、あなたのたやすく形づくった世界を浮かべて睡むたい瞼の下で、ひろがってくる眠りの前味の中へ甘く解《ほど》けかかり、守られた者に見えた。しかし内側では——誰が自身の内を貫く素性の大流を、防ぐことが、妨げることが、できただろうか。ああ、眠る子供の内には用心というものがなかった。眠る間に、しかも夢を見る間に、しかも時には発熱に浮かされて、いかに自身の本性の、侵入を許したことか。新しい者であり物に怯えながら、いかに巻きこまれて、内側に生起するもののさらに伸ばす蔓と絡み合ってさまざまな紋様へ、幼い者を扼殺する成長へ、獣の群れのごとくつぎつぎに襲いかかる変身へ、織りこまれてしまったことか。いかにすすんで身をゆだねたことか、愛したことか。彼の内なる宿命を、その荒野を、愛した。滅ぼされて声もなく横たわる朽木の上に彼の心が淡い芽を吹いた、内なる太古の森を。そうだ、愛したのだ。やがて若木の心を去り、根をさらに深く、荒々しい根源へ、彼のささやかな誕生のごときはとうに生き尽された古層まで降ろしに行った。愛しつつ彼はより古い血筋の中へ、恐ろしきものが父祖たちの犠牲にまだ腹ふくれて休む峡谷へくだった。すると恐ろしきものはどれも彼の顔を見分けて目配せを送り、彼と意を通じているかのように見えた。そうなのだ、恐ろしきものが微笑んだのだ。母親よ、あなたですらこれほどやさしく微笑んだことはまれだった。笑みかけられて、彼が愛してはならぬという道理はあるだろうか。あなたを愛するよりも先に、彼は恐ろしきものを愛したのだ。あなたが彼を身ごもった時にはすでに、胎児を浮かべる羊水の中に、それは融けこんでいた。

見るがよい、われわれが愛するのは、花たちのように、わずか一年の内の限りのことではないのだ。われわれが愛する時、思いも寄らぬ深い年々の漿液が腕《かいな》にまで昇る。おお、娘よ、心に留めるがよい。われわれがおのれの内に愛したものは、一人の者ではなく、未来へ向かう者でもなく、無数に入り混じって沸き返る過去なのだ。一個の子供ではなく、崩れた山々の残骸のようにわれわれの地の底に横たう、父祖たちを愛した。往古の母たちの、涸れた河床を愛した。時には暗澹たる、時には晴朗なる宿命のもとにひろがる、音もない風景の全体を愛した。これが、娘よ、お前よりも先に来たものなのだ。

しかもそのお前自身が、わかっているだろうか、お前こそが、お前を愛した者の内に、往古を底から誘い出したのだ。どんな感情が、過ぎ去った者たちの内から、うごめき昇って来たことか。幾世の女たちがお前を恨んだことか。どのような陰惨な男たちを、お前は青年の血管の中に目覚めさせたことか。死んだ子供たちが、お前の腹を求めた。願わくば、ひそやかに、ひそやかに、優しいいとなみを、信頼の置ける日常の仕事を、彼の前で行なうがよい。庭の傍らまで彼を導いてやるがよい。夜々の嵐にまさる重しを彼にあたえろ、彼の手綱を控えろ……。

*

訳してしまって、言うこともない。どこのウマノホネとも了見しないわれわれ現代の人間は、しあわせである。これが「自由」の賜物である。ウマノホネは無垢である。しかしそのホネの内からも、血統の河神は、小さな渦を巻き起こすのか。妙な物を我身に招来しないうちに、早々に退散したい。

4

当時すでに大家と称せられた作家の、しばらくの沈黙を破って世に問うた「赤裸」な私小説風の長篇について、小説家の眼とはあんがい人を見ていないものだ、と自身も作中に登場させられたらしく、後に冷淡な感想を述べていた、同じく作家がいた。

また、長年小説を好んで読んで来て、さもあらんとうなずかされたことも多々あるが、いざ我身が難儀に巻きこまれると、小説で読んだことは心理の参考にもならない、と苦笑していた人があった。しかし我が事が過ぎればまた小説を楽しんでいる、なるほどと膝を打つこともある、それはそれでいいんだ、次元が違うので、とも言っていた。

ライナー・マリア・リルケの「ドゥイノの悲歌」の第四歌をまた試ることになった。読んでいて、こんなことまで言ってもよいのか、と私も作家のはしくれだけに、はらはらさせられた。

＊

生命の樹たちに尋ねたい、冬とは何時なのか。その到来をわれわれは誰もが等しく察知するわけではない。渡り鳥のように互いに暗黙の了解にはないのだ。時に越され機に遅れ、われわれはいきなり風に感じて争って飛び立ち、そして無縁の顔の池に降りる。花咲きながらすでに枯れかかる、栄えと衰えとがわれわれには同時に意識される。天の一郭を獅子たちはなおも巡り、その輝きが盛んなかぎりは、無力感というものを知らぬというのに。

しかもわれわれには、人と一体、残りなく一体だと思いなしている時でもすでに、対者《あいて》を費《つい》やしているのが感じ取れる。われわれにとって、まず避けられぬものは背反なのだ。愛し合う者たちでですら、互いに対者の内なる涯《はて》まで、共に歩みを進めて踏みこもうとはしない。遠方と追求と故郷とを、約束しあった者たちにしてそうなのだ。

ある瞬間が描かれれば、それと正反対にも思う根拠がもうあたえられる。そこまで見なくてはならぬとは苦労なことだ。というのも、われわれとの関係からすれば、人の姿はじつにあからさまなのだ。ただ、われわれは内から触れて輪郭を知ることがない。輪郭を外から形造るものを知るばかりだ。

心の劇場の幕の前で息を詰めて始まりを待たなかった者はあるだろうか。幕が開くと、別れの場面だ。別れの場面とはわかりやすい。見たことのある庭、そしてかすかにそよぐ。さて踊り手が現われる。やめてくれ、役者は願いさげだ。沢山だ。いかに軽やかに舞ったところで所詮は変装であり、終われば一市民に戻り、私用の厨房を抜けて御帰宅になる。

この手の中身の半端な仮面は私には無用だ。それよりは操《あやつ》り人形がよい。これはしっかり詰まっている。縫いぐるみの胴も、操りの糸も、外見だけから成る顔も、私には苦しくない。人形の舞台の前に私は留まる。始まりを待つ。たとえ場内の灯も消えて、出し物はもう尽きましたと言われても、たとえ舞台から人もいない気配が寒々とした隙間風とともに吹き寄せて、寡黙な祖先たちの誰ひとりとして客席に残らなくても、たとえひとりの女性の姿も見えず、横眼にさぐりがちの茶色の瞳をした少年までが立った後だとしても、私はそれでも留まる。見つめ続ける私がいる。

私は間違ってはいないのではないか。私のために、私の人生を嘗めたばかりに、自身の人生の味を苦くした父よ。私の宿命の内から初めに煮出された不透明な液を、私の育つにつれ再三にわたって嘗めては、奇異な未来をふくむその後味をしきりに怪しみ、見あげる私の、涙の曇りのかかった眼を探り眺めた父よ。死んだ後にもしばしば私の内に、私の希望の中に留まって不安に苦しみ、死者の特権である無関心を、無関心という財産を私のささやかな運命のために投げ出す父よ。私は間違ってはいないのではないか。そしてほかの人たちにも尋ねたい。私は間違ってはいないのではないか。あなたたちは私の愛の小さな始まりに答えて私を愛してくれたが、その始まりから私は年々離れた。なぜなら、あなたたちの顔の内に見えた時空が私にとって、それを愛する間に、宇宙の時空に変わって行ったので、そしてその中にあなたたちはいなかったので。

間違ってはいないのではないか。私が今でも人形の舞台の前で待つ心でいても。待つどころか、全霊を挙げて見つめているのだ。ついにはその視線の力と釣り合わせるために、天上からひとりの天使が人形遣いとなって降り、糸を引いて、頽れた人形を立ち上がらせるはずだと。天使と人形と、そこでついに劇は始まる。その時、われわれがつねに、自身の介在することによって、ふたつに割っていたものが、ひとつに合わさる。その時初めて、われわれの知る季節の巡りから、全宇宙の運行の、円環があらわれる。われわれを超えて、天使が演ずるのだ。

一体、死すべき者たちは、人間たちは、われわれのこの世で為すすべてがいかに口実に満ちているかを、推し量れぬものなのか。すべてはそれ自体ではないのだ。幼年の時間を振り返るがよい。そこでは、さまざまな姿かたちの背後にはただの過去以上のものがあり、われわれの前方には未来というものがなかった。いかにも、成長はしてきた。時には、大人であることよりほかに何もなくなった者たちのことを思って、なかばはそのために、早く大人になろうと急ぐこともあった。それでも、たった一人で行く時には、なお持続するものに自足し、世界と玩具との中間にはさまる時空に、太初より純粋な出来事の場として設けられた境に、あったではないか。

子供の宿命を如実に現わして見せるのは誰か。子供を星座の中に置いてその手に距離の物差しを持たせるのは誰か。喉の奥に詰まって固くなる灰色の麺麭から、子供の死をつくりなすのは誰か。あるいは甘い林檎の果実の内の芯のような死を、子供の円い口にふくませたままにするのは。誰が殺戮者であるか、見抜くのはたやすい。それよりもしかし、死を、完全な死を、人生に踏み出すその前から、あのように穏やかに内につつんで、悪意も抱かずにいるとは、その心は言葉に尽せぬところだ。

*

「私は正しくはないか」とまっすぐには訳せるところを、「間違ってはいないのではないか」とひとつひねったのは、途方もない錯誤への恐れを、訳者が踏まえたかったせいである。もしも間違っていたとしたら、まさに死である。いや、詩の内のことだ。

「子供の死をつくりなしたのは誰か」のくだりは、一人の人物を追及しているようにも聞こえる。訳者はどちらかと言えば、子供の宿命をつくりなす諸要因を指していると取るほうだが、それにしても追及の気迫がこもっている。詩の末尾には個人的な深い感慨がありげである。この第四の悲歌には「母性」が現われていないことを考えると、想像をそそられるところだが、そんなお話を構えるのも、この詩の本趣に悖ることになる。

悲歌と言うよりは、何だか説教に近い口調の、口説きの訳文となった。

5

今から十二年半も前の恩人になるが、私の壊れた頸椎にメスを入れて修繕してくれた主治医が、手術の後の経過も順調で退院も間近になった頃、あんなむずかしいことがよく出来ますね、と仕事盛りの医師にやや年の寄った患者がたずねると、夢ではよくうなされますと答えた。どうしてこれが、この自分に、出来るのだ、と夢の中でつぶやくと、汗は噴出す、金縛りは来る。その時にはとにかく身をよじっても寝床からひきはがし、台所に出て水を呑む。それできれいにおさまる。実際の手術の最中にそんなことを思ったことは一度もないと言う。

それほどに、「出来る」と「出来ない」との間には、むずかしい事情があるようだ。「出来る」ようになった後まで、「出来ない」は、過去の形で言っても同じこと、存続する。

一方、「出来る」というそのことにもまた事情があり、日に百度も、熟する間もなく、人の動きの組立ての上から落ちて、地面に跳ねて墓石にあたるという。しくじりと言うよりも、これが「出来る」の実相であるらしい。曲芸の職人が、いくら若くて未熟でも、そんなにのべつしくじるわけがない。あくまでも、内の欲求から見たことだと思われる。つねに、成就から逃げられる。「過小」とある脇に「できない」と、「過多」とある脇に「できる」と、それぞれルビを振ろうかとも思うが、やめておこう。

ライナー・マリア・リルケの「ドゥイノの悲歌」の、第五歌を訳すことになった。

＊

あれは一体、何者たちだ。あの旅の者たち、われわれよりもすこしばかり迅速に発つ者たちは。朝からしきりに、誰の、誰の歓心を買おうとしてか、一向に満足することのない意志に、身を絞らせるとは。飽くことを知らぬ何かの意志が彼らを絞り、撓《たわ》め、結んで輪をこしらえ、振り回し、放り上げてはまた摑み取る。油を塗った宙を滑るように彼らは落ちかかり、際限もなく繰り返される跳躍のために磨り減って薄くなった、天涯孤独の敷物の上に降りる。場末の空がそこの地面を傷つけたかのように、膏薬のように貼りついたその上に。さてそこにすっくりと、見物の目を集めて、頭《かしら》の大文字よろしく、立ったかと思う間もなく、この屈強な男たちを、またも始まるお次の出し物が摑み取って、余興にくるくると巻きあげにかかる。道化の力持ちが食卓に就くや錫のお皿をまるめてしまうのに変わりない。

ああ、これを中心に囲んで見物の薔薇が、咲いては散る。その中で足を踏み鳴らして踊る男もまた、自家の花粉ならぬ砂埃の散るのを受ける雌蕊、意識されることもない索漠の、見せかけの果実を孕む。ごく薄い表皮を輝かせて、見せかけの微笑を軽く浮かべる索漠の。

そちらに見えるのは、萎《しぼ》んで皺ばんだ重量挙げ、老いては太鼓を叩くばかりの役目。往年は隆々と張っていた皮膚の下で痩せこけてしまって、まるで昔は二人の男をまとめて包んでいたのに、その一人がとうにお墓に入って、この年寄りだけが残されたように、連れを亡くして淋しそうな皺肌を垂らして、耳は魯鈍、調子もときおりすこし狂っている。

若いのもいる、猪首男と尼さんの間に生まれた息子のような。はちきれんばかりの筋肉と、あふれんばかりの純朴さ。

ああ、君ら、まだわずかなものだった人生苦に、玩具として見こまれてしまった者たち、長い時をかけて傷口の塞がるその間に。

君はまた、落ちる果実だけが知っているような音を響かせて、熟す間もなく、日に百度も、共同の動きの組立てから成る樹木の、噴水よりも速く、見る間に春となり夏となり秋となるその上から落ちて、跳ねて墓石にあたる。時には半呼吸ほどの静止の中から、愛らしい表情が君の顔に現われかけ、めったに優しくはしてくれぬ母親のほうを眺めやるが、おずおずと試みたその顔つきも、まだ皮層のうちに君の肉体に喰われて、失われてしまう。また親方が跳躍の助走の弾みに手を鳴らす。そしてひたすら逸《はや》る心臓の脇で心の痛みがひときわくっきりとなるその前に、その心に、痛みの源であるはずの心に先んじて、足の裏に焼けるような熱が走る。さっと目に差す、これも肉体の、少々の涙とともに。それでも、やみくもに、微笑んでみせる。

天使よ、これを受けろ、これを摘め、このささやかな花をつける野の草を。花瓶をあつらえて、これを活けろ。われわれにはまだつまびらかでない喜悦のひとつに、これを加えよ。これを賞讃して可憐な壺に鮮やかな花文字で記せ。「踊り手の微笑」と。

お次は君か、可憐な娘、心の底までときめかす歓びのどれにも、黙って頭の上を飛び越されてしまった様子の娘よ、君にとってさぞや、衣裳の房飾りは、お気に召したことだろう。あるいは若い張りきった胸にぴったりついた緑の光沢の絹は、限りなく甘やかされた感触を伝えて、何ひとつ足らぬところはない。君は、平衡を求めて揺れる秤の、あらゆる秤の上にそのつど違った置き方で載せられる市場の果物、無感動の果実、のぞきこむ客たちの肩の下にあって、公衆の面前にさらされ。

何処にあるのか、ああ、そんな技を彼らがまだひさしく出来ずにいたその昔は。私は自分のそれを胸の内に抱えて運び回っているが、彼らにとっては何処にあるのだ。交尾のかなわぬ不全な番《つが》いのようにお互いを捉えぞこねて地に落ちたその昔は。身体《からだ》はまだ重く、徒らに回る棒の先で皿はよろけた、その処は。

それがいきなり、その難儀な、何処ともない処にいきなり、いわく言いがたい境が生じて、そこで純粋な過小が不可解にもその正反対のものへ、あの空虚な過多へ一気に転ずる。そして桁の多い計算が、算えるまでもなく解ける。

そこかしこ、際限もなく見世物市を立てるパリの広場よ。そこでは服飾デザイナーの、マダム・ラ・モールが、地を這う騒がしき路という路を、尽きることのないテープとして輪を結び、捻《ひね》りをかけ、そこから斬新なリボンを、襞飾りを、花を、紋章を、すべて紛《まが》いの色に染めた人造の果実を編み出してくれる。手頃なお値段の冬の帽子の、運命の帽子の、お飾りに。

天使よ、われわれのまだ知らぬ広場がどこかにありはしないか。そこでは言葉に尽くせぬ惨憺たる敷物の上で、愛しあう二人が、ここの広場では成就にまで至らぬ曲芸を見せて、大胆に高く揚がる心の跳《おど》りの形を、歓びから成る櫓《やぐら》を、とうに地面を踏まず互いに重みをあずけることによってのみ保持される梯子を、顫えながら立てる。そしてついに、それが、出来る。いつか音もなく忍び寄った無数の死者たちの、取り巻いて見まもるその中で。

そのとき死者たちは、それぞれなけなしの、つねに取って置いた、つねに隠し持った、われわれの見たこともない、永遠に通用する幸福の硬貨を、ようやく鎮まった敷物の上に立ってついに真実の微笑みを浮かべる二人の前へ、一斉に投げ出すのではないか。

*

曲芸の詩である。訳文はひきつづき鈍重である。徒らに揺する言葉の先で、皿は笑い出す間もなく、落ちかかる。あわてて手で押さえる。

すぐれた詩には、ことさら巧んだわけでもなかろうが、読者を気持よく、誤読の早瀬へ誘いこむところがある。読者のほうとしても、これに用心して身構えるようでは、詩の趣きに添えない。誘いには乗るものだ。ただし、誤読の瀬から、動作魯鈍ながら、ぎりぎりの間合いで、手近の見映えのしない岸へ、とにかく飛び移らなくてはならない。

読むのも曲芸のうちらしい。

6

英雄という言葉に触れれば、現代の人間としてやはり、つい溜息が洩れる。八十年ほど昔からの声である。これを翻訳で初めて読んだはずの私の青年期から数えれば、わずか三十何年前になる。英雄的に始まったという第一次大戦は非英雄的に終っている。大戦中の戦死者よりも、大戦の末年に世界にひろがった流行性感冒による死者の数のほうがまさったそうだ。さらにそれ以降の、被虐殺者の数は比べものにならぬほど大量になる。

しかしこの詩の英雄は開花を忌む。開花の誘惑に応えない。結実への衝動に駆られて開花の閑を見ない。やがて自身の危険を象る異相の星座の中へ踏み入るが、そこに彼を見つけ出す者はまれだという。余人には闇の沈黙にほかならない。その押し黙ったものがやがて高揚して運命の声となり、とは私は取らなかった。ひきつづき沈黙したまま運命が高揚する、と聞いた。伝わって来るものと言って、暗くこもった声音の影ほどのものが「わたし」を一気に突き抜けるばかりらしい。遠い宇宙での人知れぬ破裂に似ている。

母親の胎という深淵に、将来の息子の犠牲者となる女性たちの、すでに断崖から墜ちて行ったその爪跡のようなものを見る。息子自身の墜落の跡とまでひろげれば、今も昔もさまざま思いあたる節はありそうだ。

無花果の結実から起こして、この母胎の深淵まで来ると、いささか凄味もある。おのずと諧謔味がないでもない。

ライナー・マリア・リルケの「ドゥイノの悲歌」の、第六歌になる。リルケもまた、第一次大戦の勃発時には、黙示録風の詩を書いていたはずだ。

＊

無花果《いちじく》の樹よ、すでにいかにひさしく、わたしはお前の結実を意味深く眺めたことか。お前は開花を無きにひとしく通り越して、早目に意を決した果実の中へ、人の賞讃の眼を惹くこともなく、お前の純粋な秘密を追い込む。噴水をひとたび地下へ導く管のように、たわむ枝々は樹液を下へ末端へ押しやり、やがて樹液は眠りから、覚めるともなく、もっとも甘美な成果の、喜悦となり一気にふくらむ。まさに、大神ゼウスが白鳥へ化するように。
ひきかえ、われわれは留滞する。哀しいかな、花咲くことを誉《ほまれ》として、時期に遅れた生涯の結実の内部へ、自身も思わぬうちに、行き着くことになる。わずかな者たちだけが行動への衝動の押しあげるその強さのあまり、たとえ開花の誘惑がやわらいだ夜の大気のように若き唇の血を、そして瞼を撫でようと、すでに堪えてひたすら心の充溢に赤熱する。英雄たちがおそらくそうだ。そして、死という庭師にその血管を常人とは別様に矯められて、夭折へ定められた者たちも。夭折の者たちは疾駆して去る。あたかもエジプトの神殿《カルナック》の、やわらかに窪んだ壁画の中の、戦車に繋がれた馬たちが勝利の王の先に立って逸《はや》るように、おのれの微笑の先に立って奔る。

しかし英雄も驚くほどに、夭折の者たちに近い。持続は彼の思いわずらうところでない。彼にあっては上昇こそ存在なのだ。絶えず彼は自身をひきさらい、やがて彼の常なる危険を象《かたど》る変容した星座の中へ踏み入る。そこに彼を見る者はまれだ。しかし、われわれには闇の沈黙でしかないままに、突如として高揚する運命が彼を歌いあげて、騒ぎ立つ彼の世界の嵐の中へ彼を投げ込む。彼のような聞こえ方のする者を、わたしはほかに知らない。暗くこもった彼の声音が、寄せる大気とともに、わたしの中を一気に突き抜ける。

この上は、焦《こが》れ出る心から、いかに匿まわれてありたいことか。ああ、子供でありたい、子供となることをなお許されてありたい。子供となり未来の太腕に頭をもたせかけて坐りこみ、サムソンの物語を読んでいたい。サムソンの母親が不産《うまず》の身でありながら、すべてにひとしい者を産むことになったその話を。

彼はあなたの胎内にあった時からすでに、母親よ、英雄ではなかったか。あなたの胎内ですでに、不羈の選択を始めてはいなかったか。数千もの資質が母胎の内で沸き返り、サムソンとなろうとした。しかし、見るがよい、彼はあるいは摑み取り、あるいは捨て去り、選んだ。そしてそれがすでに出来たのだ。神殿の柱を彼が押し倒したのも、ほかならず、彼があなたの胎内の世界から、より限られた外の世界へ飛び出して、そこでさらに選び続け、またそれが出来たからだ。おお、英雄の母親たち、すべてをひきさらう大流の、源泉たる母たちよ。あなたたちはまた深い谷だ。すでにその淵へ、心の断崖から、悲嘆の声とともに、若い娘たちの墜ちて行った跡が見える。先々、息子に捧げられる犠牲者が。

というのも、英雄は愛という旅宿を突き抜けて押し流れる。どの宿りも、彼に思いを寄せるどの心臓の鼓動も、彼をたちまちまた発たせる。すでに背を向けて、彼は尽きかけた微笑の涯《はて》に立つ。異った者となり。

＊

訳し終えた後で、リルケは無花果の実の成るところを、長年の間、ずいぶん憂鬱な気持で眺めてきたのではないか、とふと思ったものだ。花を表へ咲かせないとなれば、闇から闇への結実になる。これをほめたたえるには、さすがに歳月がかかったのではないか。無花果の実の甘美さはやはりオレンジやリンゴのそれとは一緒にできない。しかし隠れた開花だけに、よけいに濃密な雌雄の融合がなされた、というようなエロティシズムがこの詩人にあったかどうかは、私にはまだ感じ分けられない。

自分の息のある内に、第十歌まで済ませてくれるのか、と高年の方から心配を寄せて頂いたそうだが、私も自身のことを、なにせ年に三篇の運びなので、むこう二年近く、息が持つのかと心配している。ふいに止めてしまうこともありそうに思える。自分の徒労に見切りをつける時である。無花果どころか無果になるが、その時には無花果の樹を見あげて、どこか自分の作品の枝の末端あたりに実のひとつぐらい成っているだろう、と果敢なさを慰めることにする。

7

よくよく見知ったはずの市街の風景が、見知らぬものに映ってくることがある。年を取るにつれてそのようなことが頻《しき》りになるようだ。変化の烈しい大都市に暮していれば是非もないと観念している。それにしても、たとえばそこが往年自分のよく通った界隈であって、かりにそこに三十年昔の自分が今に現われ立ち止まって見渡したとしたら、あたりの風景は一瞬の異夢か、由来の知れぬ既知感《デジャ・ヴュ》のようになって崩れ去るかもしれない、と想像するとあまり気味の良いものではない。

いずれ何処にも、世界は存在しなくなるだろう、内側においてのほかは、と詩の内にあるのを、内面性の称揚と安直に取るべきではない。これも歎きである。新しい建造物の、《あたかもなお頭脳の内に留まっているかに見える》のと、平行である。あるいは、それに追いつめられたものだ。

リルケの暮した、あるいは滞在した諸都市を思えば、われわれにとっては十分に堅固で、十分に持続的に見えるが、しかし一八七五年というリルケの生年から数えれば、ヨーロッパの主要都市の大改造の成ったのはたかだか数十年前のことになる。今の私とこの国の敗戦の年との隔たりほどもない。その新改造都市が、伝統を踏まえる感覚にとっては、いかに機能剝き出しに、間違いのように、気味の悪いものに、眩暈や嘔吐を誘い出しそうに見えたか、ウィーンのホフマンスタールが伝えている。ラフカディオ・ハーンが亡くなった際に、追悼の小文を雑誌に寄せて、その中で明治の東京と大阪の情景にも触れた、そんな時代の人である。カフカも彼の少年期にあたる都市改造の、その後のプラハを、自分の知らぬ街のように言っている。

もはや求めであってはならない、声よ、お前の叫びの自然は。これが、約《つづ》めたところ、詩の冒頭である。しかし叫びあるいは呼びかけの自然は求めであることを考えると、これ自体無理な要請、つまり難題である。はたして叫びは求めとなり、春の野から夏の野へ、朝から夜へ渡っていく。

成長して飛び立つ声とあるのを、訳者《わたし》は若い頃から「巣立ち」と取っていたが、今ではそう読めなかった。「ドゥイノの悲歌」が完結したのは一九二二年、リルケの四十七歳の時と伝えられる。亡くなる四年前にあたる。晩年の声であるはずだが、さしあたり揚がるのはやはり青年の声である。その声とともに心が季節の野を渡る、のではなく、晩年の危惧が声の行く方を追っている、とそう読んだ。

声は野を抜けて死者たちの間に入り、その存在に満たされ沈黙の中に落着きどころを見出すかと思えば、ほとんどいきなり現代の都市の、解体の——解・形態の——只中に立ち、そこで晩年がようやく声に追いついたように、ともに激昂する。

「ドゥイノの悲歌」の、第七歌となる。

＊

求めであっては、もはや求めであってはならない、年長《とした》けて飛び立つ声よ、お前の叫びの自然は。それでもお前は鳥のように純粋に叫ぶのだろう。季節が、上昇する季節が鳥を揚げ、それがひよわな鳥であることも、ただひとつの心ばかりを晴朗な大気へ、穏和な天へ投げ上げたのではないことも、ほとんど忘れているその時に。鳥に変わらず、鳥に劣らず、お前はやはり求めることになるのか。そしてどこかで、姿はまだ見えず、未来の恋人が、寡黙な女人がお前を聞き取り、その胸の内にひとつの答えがおもむろに目覚め、耳を傾けながら答えは温もり、やがてお前の思いきり高まった感情を、女人の熱した感情が迎える、と期待して。

そして春もまた聞き取るだろう。告げる声を受けてまた先へ伝えぬ所はひとつとしてないのだ。まず初めに小声の物問いの叫びは、つれて深まるあたりの静まりの中で、すべてを肯定する清新な朝がこれをはるばると沈黙につつんで運ぶ。さらに階梯を、叫びの階梯を踏んで昇り、夢に見た未来の神殿にまで至ろうとして、そこで顫声《トリル》に変わり、たえず先を約束する動きの中で上昇の極まる前にすでに落ちかかる噴水の、その声にひとしく顫える。すると目の前に、夏がある。

昼へ移りつつ一日の始まりに輝く夏の朝という朝。さらには、花のまわりにはやさしく、壮健な樹冠のまわりでは強く烈しく照る白昼。さらには、これら繰りひろげられた力の敬虔な黙想、夕の道に夕の野、遅い夕立の後で安堵の息を吐いて澄み渡る大気。近づく眠りと、今宵はとふくらむ予感。それればかりか、夜々もある。高く晴れあがった夏の夜々。そして星、地から挙げられた星々。ああ、いつか死者となり、すべての星々の心を限りなく知りたいものだ。どうして、どうして星たちのことを忘れられるだろうか。

いかにも、わたしは愛に生きた女性を呼んだ。しかし呼ばれて、ひとりだけが来るわけはない。

貧しい墓の中から若い娘たちも来てそこに立つはずだ。呼んだからには、その声の届く先をどうして限ることができるだろうか。没した者たちはいまでもなおこの世を求めているのだ。さて、夭逝の子たちよ、この世でただ一度摑んだものは、多くの体験と同等なのではないか。運命を幼少期の凝縮以上のものと思わぬがよい。君たちはしばしば恋する相手をも追い越したではないか。至福の疾駆を求める息となり、無へ向かって、開かれた境へ翔け抜けようとして。

この世にあったということは、大したことであるのだ。君たちはそのことを知っていた、娘たちよ、窮乏のうちに没したかに見える君たちも。そこかしこの都市の、最悪の裏町にあって、吹出物に覆われ、汚物からも隔てられていなかった君たちこそ。彼女たちの誰にとっても、存在と言えるものを持ったのは、生涯にわずか一時間、おそらくまる一時間にも足らず、時間の尺度では測れぬ、時間と時間とのはざまほどの間にすぎなかった。そこにすべてが、存在に満ちた血脈が集まったのだ。ただしわれわれは、隣人が微笑みながらしかし請け合ってはくれなかったことを、あるいは妬んで言わずにおいたことを、とかく忘れる。この上もなく明らかなはずの幸福がそれでも、われわれがそれを内で変化させるのを待ってようやく、われわれの前にあらわれる、その機を明らかに挙げて示そうではないか。

いずれ何処にも、友よ、世界は存在しなくなるだろう、内側においてのほかは。われわれの生は変転しながら過ぎて行く。つれて外側はいよいよ細くなり消えて行く。かつては一軒の持続する家屋のあったところに、今では人に考え出された造形ばかりが露呈して、間違いのように、考案の領域にもろに属して、あたかもなお頭脳の内に留まっているかに見える。時代の精神はおのれがあらゆるものから獲得した切迫の衝動と、おのれもひとしく形姿を欠いて、動力を溜めこむための広大な倉庫は造営するが、神殿をもはや知らない。神殿という、この心の贅をわれわれはいよいよ内密なものへ切り詰めつつある。そればかりか、ひとつの記念碑が、かつて人の祈った、人の仕えた、人の跪いた建造物が生き残ったとしても、それもすでに、その現にあるがままに、目には見えぬものの中へ傾きつつある。多くの人間たちにはそれがもう見えない。また、見えぬ甲斐もない。見えぬかわりに、これをいまや内側に建て、石柱や石像ともども、さらに高く立たせるということもないのだ。

世界のなしくずしの反転はかならずこのような、資産を奪われた者たちを吐き出す。彼らにとっては、昔日はおろか、間近にあるものも所有とはならない。間近のものすら人間たちにとって遠くなるのだ。われわれはしかし、それに昏迷させられてはならない。われわれのまだ知る形姿というものを、さらにしっかりと内に保持しよう。これこそかつて人間たちのあいだに立ったものだ。運命の、滅ぼしにかかるその只中に立った。行方も知れぬ危機の中に変わらず立ち、揺ぎもない天から星々を捥ぎ取った。天使よ、これをわたしはあなたに示そう。さあ、これだ。あなたの見つめる眼の内にこれがついに救い取られて、いまやすっくと立つように。エジプトの石柱が、塔門《パイロン》が、スフィンクスが、そして滅び行く都市から、あるいはすでに人に知られぬその廃墟から、天を衝く円蓋《ドーム》の、一心の迫りあがりも。

これは奇蹟ではなかったか。驚歎せよ、天使よ。おお、丈高き者《たけ》よ、われわれにこれほどの事が出来たことを、語りひろめよ。わたしの息ではこれを賞賛するに足りない。それでもわれわれの証しであり、われわれのものである空間を、なおざりに失わせては来なかった。幾千年の歳月もの間われわれの感情によってこれを満たしきれずにいるとは、何と巨大な空間であることか。しかし一個の塔も大きかった。そうではないか、おお、天使よ、あなたに並べて見ても、丈高くはなかったか。シャルトルの聖堂も大きかった。まして音楽はさらに遠くまで及んで、われわれを超越した。しかしまた一個の愛する女性ですら、ひとり窓辺に寄って、あなたの膝の高さにも届かなかっただろうか。

わたしが求めているとは、思ってくれるな。
天使よ、かりにわたしが求めていてもだ。あなたは来はしない。というのも、わたしの呼びかけはつねに、「退《さが》れ」の狂おしさに満ちている。そのような烈しい流れに逆らってあなたは近づけるものではない。いっぱいに差し伸べた腕に、わたしの叫びは似ている。しかも、摑みかからんばかりにひろげた手は、あなたの前に迫っても、ひらいたままなのだ。防禦と警告の手のように、いよいよ捉えがたく、さらに高く突きあげられ。

＊

ところで、「ドゥイノの悲歌」の呼びかける天使とは、どんな姿をしたものなのか、いまさら尋ねたくなる。

第一歌には、あらゆる天使は恐ろしい、とある。美しきものは恐ろしきものの、ここまではまだわれわれに堪えられる発端だという。人が美しきものを称讃するのは、それが人を滅ぼしもせずに打ち棄ててかえりみぬ、その限りのことだという。

第二歌の冒頭でも、あらゆる天使は恐ろしい、と繰り返される。人の命を奪いかねぬ鳥たち、と呼びかける。黎明に生まれ合わせ、天地創造の恵みをありあまるほどに享けた寵児たち、万物の尾根、曙光に染まる稜線、などとも呼んだ。渦巻きのごとくおのれの内から流出させ、また渦巻きのごとくおのれの内へ吸い納める者であるらしい。ラファエルの故事が振り返られ、その往時と異って危険なものとなった首天使とあるので、ガブリエルやミカエルも連想され、ミカエルなどもずいぶん恐ろしい天使だが、しかしこの第七歌が仕舞いのほうで、古代エジプトの石柱や塔門や、スフィンクスなどを突きつけるところを見れば、もっと古い天使のようだ。

あとは自身にとっても参考になりそうにないが、連想するままにしばらく並べて見る。

まず智天使と訳されるケルビム、幕屋にあっては十戒の櫃の護りであり、アダムとイヴを楽園から追放した天使であるが、エゼキエル書では獅子と牡牛と鷲と人との四面をそなえ、四対の翼があり、身のまわりに炎があがり、稲妻が走るという。恐ろしい。その名はアッシリア渡りを想わせるそうだ。

つぎに熾天使と訳されるセラフィム、イザヤの召命の際に現われて、三対の翼を持ち、その叫びは聖所の敷居を揺がし、神殿は煙に満ち、ああ、わたしは失われた、とイザヤをして叫ばしめた後に、犠牲《いけにえ》の祭壇から採った灼熱の炭火をイザヤの唇にあてて口を浄めることになるが、このセラフィムというのは「火を吐く」という意味で、火を吐く蛇や龍を元来は指したという。これも恐ろしい。

龍ということから連想がまた横飛びするが、古代ギリシャのオルペウス教徒の天地開闢説《コスモノギー》のひとつを、後世の新プラトン派の哲学者が紹介したところでは、初めに水と土があり、その両者から生まれるのがクロノス、ゼウスの父のKronosではなくChronosつまり「時」であるが、これが龍であり、牡牛と獅子の頭と、中央に神の顔を持ち、肩から翼をはやしている。またの名をヘラクレースという。この龍のクロノスが上天《エーテル》と混沌《カオス》と暗黒《エレボス》とを生む。さらに世界の卵を生む。さらにまた肩に黄金の翼を持つ神を生む。相対立するものをひとつに結びつけるエロスと思われるのだが、これがまた両の脇腹から牡牛の頭をはやし、頭には龍を頂き、この龍が猛獣たちのあらゆる姿に似る……。

等々挙げて見ても「悲歌」の天使の姿は結ばれそうにもない。開闢の者たちはすべて恐ろしい、とあらためて驚くのがせいぜいのところだ。美しきものは恐ろしきものの発端だ、という言葉はやや違った響きを帯びてくる。美しきものの涯《はて》は恐怖であるとも、向きを変えれば言い換えられる。リルケの「悲歌」は開闢を逆の方向へたどっているのかもしれない。

人と思考が形態を失うにつれて、開闢も無限の際まで退くということか。

8

家の内で家の猫に、振り向かれる。たとえば深夜の廊下で。あるいは階段の途中から。耳が立ち、見知らぬ者を見る眼になる。その眼に見られたほうも、その刹那、見知らぬ者になる。誰が誰を、見知らなかったのか、と訝りが後に残る。

猫の振り返るのは人間の振り返るのと、剣客が背後に殺気を覚えた場合でもない限り、まるで違う、と言った人がある。その剣客にしても、気配に感ずるのは背中であり、振り向く前には背中の思案が挿まるのにひきかえ、猫の背は天を向いていて背後を察知するようにはできていない、と言う。背中で感じるとは人間は奇妙な動物だ、幽霊になっても背中に物を言わせやがる、と笑った。

たしかに、動物は人間ほどに眼にたよらない。前へ向いた眼に依存する不安から背中をことさらに張りつめる必要もない。大体、張りつめるような背中はないと言えば言える。鼻すじが背中へとおる蟾蜍、とは江戸時代の川柳の傑作であるが、大方の動物は人間よりもこのヒキガエルのほうに近い。あの川柳もじつは人体の滑稽さを笑ったものかもしれない。

かわりに動物には、聴覚、嗅覚、触覚などが人間よりもはるかに発達している。障害を飛越する馬は、踏切る間際まで接近した時には、身体の構造上、障害物がすでに視野の内に入らない。それでも確実に踏切って飛越するのは、それよりもだいぶ手前から、眼によらず、跳ね返って来る音により、あるいは「風覚」とでも呼ぶべきか、接近により惹き起こされる空気の流れの乱れにより、障害物を把握していることになる。手の前にあるとは、或る哲学者によれば、世界の初めになるそうだが、動物はそれをつねに全身で「見ている」わけだ。

猫も同様なら、背後から来る家の者の「そこに・ある」など、それが誰であり、どういうつもりであるかまで、とうに見えているはずだ。では、なぜ、振り向くのか。猫の姿に気がついた時に人間の内で、本人の意識を免れて一瞬起こる、何かの変化を感受したのではないか。振り向くのは猫にとってすでに行動の始まりであり、前を見ることのひとつである。

これにくらべて人間の振り向くのは思案——確認、認識、省察、追想などなど、何と呼ぼうと、たとえば「見返り峠」などというところで来し方をつくづく振り返る人間にとって、見ることと思うこととは、けっしてひとつにはならない。隙間風の吹く所以である。

ライナー・マリア・リルケの「ドゥイノの悲歌」の、第八歌となる。

＊

あらゆる眼でもって、生き物はひらかれた前方を見ている。われわれ人間の眼だけがあたかも前方へ背を向け、しかも生き物のまわりに罠の檻となって降り、その出口をすっかり塞いでいるかのようだ。外に在るものを、われわれは動物のまなざしから知るばかりだ。というのも、子供の眼をまだ幼いうちからわれわれはすでにうしろに向かせ、形造られたものを振り返って見るよう、動物のまなざしの内にあのように深く湛えられたひらかれた前方を見ぬよう、強いているではないか。死から免れている動物。死を見るのはわれわれ人間だけだ。自由な動物はおのれの亡びをつねに背後に置いて去り、前方に見るものは神である。歩めば歩むままに永遠に入る。泉が流れるままに永遠に入るように。

われわれ、人間たちはわずか一日たりとも、純粋な時空を前にすることがない。花たちはその中へ絶えることもなく咲いては解けていくというのに。われわれの見るのはつねに世界であり、何処でもなくまた虚無でもない境がひらけることはけっしてない。この境こそ純粋な、誰にも見張られていない時空であり、呼吸されることにより限りもなく知られ、あながちに求めて得られるものではない。子供なら、人知れずそこへ惹きこまれて心を揺すられる者もある。いまどこかで命の終りに臨む者は、この時空にひとしい。死に近づけば人はもはや死を見ず、その彼方を凝視する、おそらく、大きく見ひらいた動物の眼で。恋する女たちも、対者《あいて》が視界を塞ぐことさえなければ、この境に近づいて驚嘆するのだが。間違いから生じたように、対者の背後から、ひらけるものがあるはずなのだが。しかし対者を超えてさらに先へ到る者はなく、見えるのはまた世界ばかりになる。被造物へつねに眼を向けさせられながらわれわれはただ、自由なものの鏡像、しかもわれわれの眼によって曇らされた像を見る。物言わぬ動物こそ、われわれを見上げながら、われわれを突き抜けて、その彼方を静かな眼で見る。まともに向かう、そのほかのことはなくて、つねにまともに向かう、これが運命というものだ。

確かな天性に導かれて、われわれとは異った向きを取りわれわれに近づく動物に、もしも人間と同じ質の意識があるとすれば――。通り過ぎるその歩みによって、われわれをはっと振り向かせはした。しかし動物にあってはその存在は無限であり、摑めぬものであり、おのれの状態を顧る眼を持たず、純粋なること、そのまなざしにひとしい。われわれが未来を見るところで、動物は万有を見る、万有の内におのれを見る、そして永劫に救われている。

それでも、鋭敏な温血の動物の内には深い憂愁の、重荷と不安がある。温血の動物にも、われわれをとかく押しひしぐところの、記憶が絶えずまつわりつく。心の求めて止まぬものがじつはすでにひとたび、より近くにあって、より親しく、自身も限りなく濃やかに寄り添っていたかのように。ここではすべてが距離であるのにひきかえ、かしこではすべてが呼吸であった。初めの故郷を見た後の心には、次の故郷は半端で空虚に思われる。

自然の母胎の内に、懐胎された時のままにひきつづき留まる、微小の生き物こそさいわいだ。合歓の日に及んでも、なお内部で躍る羽虫こそめでたい。母胎は万有なのだ。これにくらべて鳥の、その素性からして毛物と羽虫の双方の心を知る、中途の安心を見ればよい。あたかも古代エトルリアの墳墓の、すでに万有に受け取られながら、生前の安息の姿を棺の蓋に留める死者から、飛び立った魂のようではないか。

一体の母胎に帰属する者の、飛び立たなくてはならぬそのありさまは周章に似る。われとわが飛行に驚愕させられたように、宙を裂いて翔ける。茶碗を罅が走るように。同様に蝙蝠のひらめく跡も、夕暮の掛ける釉薬の肌に亀裂を縦横に引く。

ましてわれわれは脇から眺める者であり、つねに、至るところで、あらゆるものに眼を向けながら、突き抜けて見ることがない。見た物は溢れるばかりに内に満ちる。われわれはそれを束《つか》ねる。それは崩れ落ちる。また束ねなおす。すると自身が崩れ落ちる。

それでは初めに誰がわれわれをうしろへ向かせたので、以来、立ち去る客の、あの習いがわれわれの身に付いたのか。古里を去る者は、親んだ谷を最後にいま一度残りなく見渡す丘の上まで来ると振り返り、足を停めてしばし佇む。まさにそのようにわれわれは生きて、絶えず別離を繰り返す。

*

動物が老いて行く。老病死の境へ、日常と変わらぬ足取りで踏み入って行く。路地を抜けるのとさほどの違いもない。それを見れば、振り向くのは人間ばかりだとは、やはり当たっているかと思われる。その人間にも振り向けぬ状態はある。仰臥の時である。ところが仰臥の時こそ人は振り返る。眠れば夢を見る。夢もまた振り返りである。期待と危疑の夢も未来へ掛けながら過去の、すでに実現の、既視の雰囲気に濃く満たされる。希求法は過去の時制から派生する。夢に限らず予兆も記憶と想起、忘れられた過去の認識あるいは熟知の、前へ回りこんだものだ。

動物は前へ向いて鳴く。人間は本来、どうなのか。

9

無責任に聞こえるだろうが、訳してしまってから、あれは一体、何だったのだろう、と振り返る。訳したその分だけ、よけいに不可解になる。苦労して訳すほど、後の索漠はまさるようだ。訳すということは、原文を一度死なせることになりはしないか、と思われることもある。死して後、甦えるかどうかは、おぼつかない。こんなことを聞かされては、読むほうこそ索漠とするに違いない。

訳文もまた、難所にかかれば、跳ばなくてはならない。出来るかぎりは細心に、気合もこめて跳ぶ。しかしどんなに跳越の姿勢と軌道を制御しても、哀しいかな、着地がいずれ、ずれる。少々の誤差がどうかすると、大きな差違となる。もともと、すぐれた詩文は、節々でほかの言葉による正確な着地を許さないように出来ているものらしい。

ライナー・マリア・リルケの「ドゥイノの悲歌」の、第九歌となる。

＊

何故だ。もしも命の残りを月桂樹《ダフネー》のように、ほかの緑よりはいくらか暗く繁り、葉の端々を風の笑みのように顫わせ、そのようにして過ごすこともなるものなら、何故、人として生きなくてはならないのか、そして運命を避けながら、運命を追い求めるのか。

近づく亡失を性急に引き受けて、先取りの境地を幸いとする故ではないのだ。知れぬものをあながちに知ろうとする故でもなく、あるいは心の覚悟の為でもない。心なら月桂樹の内にも残るだろう。

そうではなくて、この世にあるということは多大のことであり、しかも、この世にあるものはすべて、どうやらわれわれを必要としているが故にだ。この消え行く定めのものが、奇妙にも、われわれに掛かる。もっともはかなく消えて行くこのわれわれに。すべてのものはたった一度、一度限りだ。一度限りで、それきり還らない。われわれも一度限り、二度とはない。しかし一度限りであっても、その一度であったということ、この世のものであったということは、撤回の出来ぬことであると見える。

それ故にわれわれは身を励まして、一度限りを果たそうとする。これをつましい素手の内に、さらに溢れんばかりの眼の内に、物言わぬ心の内に、保とうとする。一度限りに、成ろうとする。誰にこれを渡すのか。すべてを永遠に留めるのはいかにも望ましいところだが、しかし彼岸の、異なった関連の中へ、哀しいかな、何を持ち越せるというのか。この世のさまざまをおもむろに学び取った観察も、この世で起った出来事も、何ひとつとして持ち越せはしない。それではもろもろの苦をか。何よりも、憂いの人生をか。愛をめぐる長い体験をか。つまりは言葉によってはまったく語れぬものをか。しかし後になり、星々の間に至って、それが何になる。星たちのほうがすぐれて、言葉によっては語れぬ者たちなのだ。たとえば旅人も山の稜線の斜面から一掴みの土を、これも万人にとって言葉によっては語れぬものであっても、谷へ持って降りはしない。記念に携えるのは摘み取った言葉、無垢の言葉、青や黄の龍胆《りんどう》ではないか。われわれがこの世にあるのは、おそらく、言葉によって語る為だ。家があった、橋があった、泉があった、門が、壺が、果樹が、窓があったと。せいぜいが、石柱があった、塔があった、と。しかし心得てほしい。われわれの語るところは、物たち自身が内々、おのれのことをそう思っているだろうところとは、けっして同じではないのだ。恋人たちの心に迫って、その情感の中で何もかもがこの世ならぬ恍惚の相をあらわすように仕向けるのも、滅多には語らぬ現世の、ひそかなたくらみではないのか。敷居はある。たとえ恋人たちがそれぞれ昔からある自家《いえ》の戸口の敷居をいささか、踰えることによって擦り減らしたところで、二人にとって何ほどのことになる。以前の大勢の恋人たちに後《おく》れて、以後の恋人たちに先立って、自身も痕跡を遺すだけのことではないのか、かすかに。

ここは、この世は言葉によって語れるものの時であり、その古里なのだ。とは言え、心の秘密を打明けてみるがよい。常にもまして事柄が、体験に掛かる事柄が、落ちて行くではないか。事柄を追いやりそれに取って代わるのは、表象を受けつけぬ、行為であるのだ。外殻を下から突きあげる行為であり、内で行動がひとり立ちに育って別の輪郭を取るやいなや、外殻はわれわれから粉々に飛び散る。鎚と鎚との間にあって、われわれの心は存続する。同様に、舌は歯と歯の間にあってそれでも、それでもなお賞賛しつづける者であるのだ。

天使に向かってこの世界を賞賛しろ。言葉によっては語れぬ世界をではない。壮大なものを感じ取ったとしても、天使にたいしては誇れるものではない。万有にあっては、より繊細に感受する天使に較べれば、お前は新参者でしかない。単純なものを天使に示せ。世代から世代へわたって形造られ、われわれの所産として、手もとに眼の内に生きるものを。物のことを天使に語れ。天使はむしろ驚嘆して立ち停ることだろう。お前がいつかローマの縄綯《なわな》いのもとに、ナイルの壺造りのもとに足を停めたように。天使に示せ、ひとつの物がいかに幸いになりうるか、汚濁をのがれてわれわれのものになりうるかを。悲嘆してやまぬ苦悩すらいかに澄んで形態《かたち》に服することに意を決し、物として仕える、あるいは物の内へ歿することか。その時、彼方から伴う楽の音も陶然として引いて行く。この亡びることからして生きる物たちのことをつぶさに知り、これをたたえることだ。無常の者として物たちはひとつの救いをわれわれに憑《たの》むのだ、無常も無常のわれわれに。目には見えぬ心の内で物たちを完全に変化させようではないか。これはわれわれの務め、われわれの内で、ああ、はてしのない務めだ。われわれが結局、何者であろうと。

現世よ、お前の求めるところはほかならぬ、目には見えぬものとなって、われわれの内に甦えることではないのか。いつかは目に見えぬものとなること、それがお前の夢ではないか。現世であり、しかも目に見えぬものに。この変身を求めるのではないとしたら、お前の切々とした嘱《たの》みは何であるのか。現世よ、親愛なる者よ、わたしは引き受けた。安心してくれ、わたしをこの務めにつなぎとめるには、お前の春をこれ以上重ねる必要はおそらくないだろう。一度の、ああ、たった一度の春だけで開花には十分に過ぎる。名もなき者となってわたしはお前に就くことに決心した、遠くからであっても。お前は常に正しかった。そしてお前の聖なる着想は、内密の死であるのだ。

このとおり、わたしは生きている。何処から来る命か。幼年期も未来も細くはならない。数知れぬ人生が心の内に湧き出る。

＊

なぜ、人として生きなくてはならないのか、と問う。この世のものが人を必要としているからだ、と言う。しかしこの世での矚目も体験も彼方の関連の中へ持ち越せはしないと突き放す。その意味では徒労ということになる。言葉もこの点では徒労のはずだ。ところが、人は言葉によって語るためにこの世にあり、この世は言葉によって語れるものの時であり、その古里である、と言う。天使に向かっては、人の所産の、物を示せ、と言う。

ここまでは、読む者もついて行ける。しかし現世を人の内で、目に見えぬものに変化させるとは、それこそ現世が人に託したことだとは、かりにこの目に見えぬものを、草木も悉皆そなえるという「仏性」になずらえるなら、「仏性」へ変化すべきは人のほうであり、草木すら「成仏」

言をいまさら人に憑みはしない、とわれわれにはこだわられるところだが――おそらく、語る、言うは、われわれの思うよりも、行為として踏まえられているのだろう。犠牲という観念もひそんでいることか。あるいは、目に見えぬものとして甦えらせるとは、結局、音楽のようなものとして、なのではないか。

お前の春をこれ以上重ねる必要はおそらくないだろう、という言葉は染みる。

10

清潔に寂《さび》れた教会は日曜日の郵便局に似ている、と詩の内にある。その郵便局もこの詩の百年足らず前までは都市の要所のひとつであり、鉄道以前の駅であり、あるいは日曜の暮れ方にも馬車が発着して、悲歎と苦悩、忍従と憤怒、憂愁と歓喜の、光景が繰りひろげられたのかもしれない。

それにもまして今の世に在りながらじつは廃《すた》れたものは、悲歎やら苦悩やら、憤怒やら憂愁やら歓喜やら、根源の情動を表わす言葉ではないか。すくなくとも小説の中では、これらの言葉は、まともには使えない。かわりに、それらの言葉で表わされるものの周辺の、微妙な生成や変化を仔細にたどる。あるいは諧謔により反転して打ち出す。しかしその「高度技術」の底には、そもそも言葉ではなくて人の情動の真正が失われつつあるのではないか、という疑いがつねにひそむ。

一九二二年に成り、二十世紀の「新しい文学」のすでにして精華のひとつに数えられた「ドゥイノの悲歌」が繊細な考察と比喩を重ねて来た末に、第十歌の大詰めに至って、アレゴリーの世界に踏み入ったとは、やはり驚きである。しかも虚飾の都市の巷を行く道々、詩人の諧謔は苦い哄笑に近くなり、澄んだ詩文から大道香具師の、広告の、売らんかなの叫びまで聞こえて、その年の市の喧騒の、最後の板囲いから郊外の寒々とした野原へ抜けるとまもなく、「歎き」の一族の少女が現われる。

読む分には心を惹かれもするが、訳すとなると困惑させられるところだ。訳者の言葉は、夭折の青年と違って、なかなかついて来てくれない。アレゴリーの心を、持ち合わせていないのだ。

＊

いつの日か、けわしい絶望の、その出口にまで至り、歓喜と賞賛を、うなずき迎える天使たちに向かって、歌い上げたいものだ。明快に叩く心の鍵《けん》の一弾も、弦が弛み、疑い、切れて、鳴り響かぬということがもはやあってはならない。願わくば、ほとばしる顔がわたしをさらに輝かせ、映えぬ涙も花開かんことを。その時には、夜よ、悲しむ夜たちよ、お前たちはわたしにとってどんなに、愛《いと》しい者となることか。わたしがお前たちを、悲歎に暮れる姉妹たちよ、より深く跪いて抱き取り、お前たちのほつれた髪の中へ、よりほどけて顔を埋めたことはこれまでになかったと振り返ることになるだろう。われわれ、苦悩の浪費者たち。いかにわれわれはどこまでも続く索漠とした道を見通しながら、それでも苦悩の尽きる涯《はて》がありはしないかと、仇な望みを掛けていることか。しかし苦悩こそわれわれの、冬場も枯れぬ葉であり、心の暗緑であり、内密なる一年《ひととせ》の一季節、いや、時ばかりでなく所、寓所であり、臥所であり、地所であり、居所であるのだ。

たしかに、哀しいかな、苦の都市の、小路を行けば、いかに無縁の土地に在る心地のすることか。耳を聾されたところから生じる偽の静寂の中で猛々しく、空虚という鋳型から鋳出された紛い物がおのれを誇示している。きんきらの鍍金《めっき》の殿賑に、はちきれんばかりに大仰な記念物《モニュメント》。どこぞの天使がこれを見たら跡形もなく踏み潰してくれよう、心の癒しを商う市場《マーケット》。その境を守る教会は、これも出来合いで買い取られて商人《あきんど》どもの所有、綺麗に片づいて、表を閉ざされ、なにやら所在ない様子は日曜日の郵便局に似ている。その外には年の市の、縄張りの境がくねくねと、襞《ひだ》を折り重ねて続く。自由のブランコに、熱心のダイヴァーと熱心の手品師。人の好む幸運を木偶《でく》に象った射的場。幸運は的をぶらさげて手足をばたつかせ、並みよりは器用な客が的に当てれば、ブリキの音を立ててお祝い申し上げる。喝采からまた僥倖をあてこんで人はよろけまわる。

それも道理、ありとあらゆる新奇を売り物にする店が競って客を呼び込もうと、太鼓を鳴らし、がなり立てる。しかし大人にとって分けても見るべきものは、金《かね》がいかに増殖するか、その解剖図、ただの見てのお楽しみばかりでない。金の生殖器から始めて一切、全過程を通してつぶさに図解、受胎から出産まで。為になる。豊饒になる。

しかし、そこを越してすぐの所、最後の板囲いの裏手、表には「死の定め」なる銘柄の苦いビールの、苦いが目新しい気散《きさん》じをツマミに噛むかぎり口あたりの甘いビールの、広告の貼りついたその板囲いのすぐ裏手から、すぐその背後から、現実は始まる。子供たちが遊ぶ、恋人たちが縺り合う。巷からはずれて、誰もが本気に、とぼしい草の中で。犬たちも自然を取り戻す。さらに遠くまで青年は惹かれていく。うら若い歎きを、「歎き」という少女を愛したようだ。少女の後について牧草地まで行く。遠いの、と少女は言う。わたしたちはここからまだずっと先に住んでいるの、と。

何処なの、とたずねて青年は後を追う。少女の物腰が青年の心を動かす。肩と言い、首すじと言い、高貴の家の出らしい。しかし青年はやがて足を停めて少女を行かせ、踵を返す。振り向いて、別れの眼を送る。どうなるものでもない。あの子は結局、歎きなのだから。

若い死者たちだけが、もはや時を知らぬ虚心とこの世の習いからの離脱という、死の始めの境にあって、少女の後を慕う。娘たちとは、少女は待ち受けて友達になる。身につけたものを娘たちにそっと教える。これら苦悩の真珠、この細糸で織りなしたのは忍従のヴェールと。少年とは、黙って歩みを進める。

しかし少女たちの住まう谷に入ると、歎きの一家の、少女の姉たちの一人が出迎え、夭折の青年を引き取ってその問いに答える。わたしたちは栄えた一族でした、昔はそうでした、わたしたち歎きは、と話す。祖先たちはあそこの広大な山地の中で鉱山を営んでいました、今でも人の家にあなたは時折、磨かれた原・苦悩の一片か、あるいは往古の火山から噴き出して溶岩となって固まった忿怒を見つけることがあるでしょう、あれはほかでもなくここから出たものなのです、わたしたちは豊かでした、と。

そして姉は青年を導いて歎きの邦の広い領地を足早に進み、往年の神殿の柱や、かつて歎きの王たちがそこに拠って領内を賢く治めた城郭の遺跡を見せた。さらには、生者の眼には穏かな繁りとしか映らないが、涙の大樹と憂愁の花咲く野を、草を食む哀しみの獣たちの群れを見せた。そして時折、一羽の鳥がいきなり静寂を破り、見あげる二人の視野を低く横切って、天涯に孤りあがる叫びの、読解へ誘う象形を遥かに曳いて飛び去る。日の暮れに姉は青年を、歎きの一族の古人たち、古代の巫女たちと警世の預言者たちの、墓所へ案内する。しかし夜が近づくにつれて二人の歩みはさらにひそやかになり、やがて月が昇るように宙に掛かるのは、すべてを見守る墓碑、かのナイル河岸に臥す者と兄弟になる崇高なスフィンクス。隠された墓室の、あらわれた顔。そして二人は感嘆して王冠のごとき頭《かしら》を見あげる。物言わず人間の面《おもて》を星々の天秤へ永遠に掛けたその頭を。

青年の眼はまだ死者になったばかりの眩《くら》みに苦しんで、その頭を摑みかねている。しかし姉の眺めるその眼が、王者の頭巾の蔭から、棲みついた梟を追い出すと、梟はゆっくりとした筆の運びで頬の、あのいかにも豊満なふくらみに沿って舞い降り、改まった死者の聴覚の中へ、その二重に開かれた真っ白な頁を掠めて、言うに言われぬ絶妙な輪郭を柔らかな羽音で描き込む。

そしてその上空には星、新しい星たち。苦悩の国の星。それらの名を歎きの姉はゆっくりと教える。あれが、御覧なさい、騎手座、あれが杖座。そしてもっと豊かな星座を指差して、あれが果実の冠。それからさらに遠く、極のほうを指して、あれが揺籃、あれが道、あれが灼熱の書、そして人形、そして窓。とりわけ南の空に、祝福された掌につつまれたように清純な、くっきりと輝くMの字は、母親たちを表わす。

しかし死者はさらに先へ往かなくてはならない。歎きの姉は黙って青年を谷の狭まるところまで導くと、そこに、月の光に照らされて水が白くけぶる。これが歓びの泉、と畏敬の心をこめて姉はその名を明かし、そして教える。人間たちのもとではここの水が支えの流れとなるのです、と。

山の麓まで来て二人は立ち停まる。そこで姉は青年を、泣きながら、抱擁する。

一人になり青年は原・苦悩の山中へ入って往く。足音ひとつ、運命の無言《しじま》の中から立たない。

★

しかし彼らは、無限の境に入った死者たちはわれわれに、ただひとつの事の比喩を呼び覚まして往った。見るがよい、死者たちはおそらく、指差して見せたのだ、榛《はしばみ》の枯枝から垂れ下がる花穂を。あるいは雨のことを言っていたのだ、早春の黒い土壌に降る雨のことを。

そしてわれわれは、上昇する幸福を思うわれわれは、おそらく心を揺り動かされ、そのあまり戸惑うばかりになるだろう——幸福なものは下降する、と悟った時には。

*

死者たちは呼び覚ました、と沈黙の後でいきなり過去形でまた語り出したところを見れば、この終結部は第十歌だけでなく、「ドゥイノの悲歌」の全体を受けるものなのだろう。それぞれの悲歌にはそれぞれの死者たちの、機縁があったように思われる。それもかなり身近な死者たちであって、詩の呼びかける相手が顔も姿も備えているようで、そこで詩の透明さの中へ「私」の陰翳が差すと感じられるが、その跡はたどれない。かなり「私的」な詩であるのかもしれない。とにかく、訳者としても、仕舞いまでは来た。四カ月に一歌なので、三年ほども掛かった。訳詩とは言わない。詩にはなっていない。これも試文である。エッセイの地の文の中へ、仮の引用のようなものとして、入るべきものだ。

時代錯誤とまでは言わないが、季節はずれのことはしていた。あるいは原詩も、季節はずれへの覚悟が、究極の立場ではなかったか、と思わせられる折もあった。悲歌《エレギー》という形、と言うよりも心が、現代の言葉で可能なものかどうか、とそんな夢のようなことも考えた。

この試みそのものも夢のようなもので、訳し了えたところで、訳者自身、すべて忘れてしまうかもしれない。

解説

言葉の音律に耳を澄ます

翻訳と創作の関係について

築地正明

一

「どうなんでしょう。僕は、もう自分の文章の由来がわからないと思って書いているのです。多少でも由来がわかったら、書きやすくなるんではないか、そう思って小説の合間にいろいろと古いものを東西にわたって読んでるんですけど、未だによくわかりません。由来がわかったとき、ようやく自分の文章は成熟するのではないかという気持ちでやってます。一方で文章が熟したら、もう書かないのではないかとも思いますけど」。

二〇一五年になされた大江健三郎との対談「文学の伝承」（『文学の淵を渡る』）の中で、古井由吉はそんな風に自分の文章について語っていた。

最晩年と言える時期の作家のこの発言を、われわれはどう受けとめるべきだろうか。古井由吉は、それまでおよそ四十五年にわたって小説とエッセイを書きつづけ、一九七〇年代以降の日本文学を牽引し、ついに最高峰とまで言われるようになっていた作家である。これはもちろん常套の評だが、彼の文章が日本語による表現の可能性を押し広げ、くりかえし新たな言語表現を生み出してきたという事実を否定する者はいまい。その本人が、自分の文章の由来がわからないと言っているのである。しかもあとで見るように、日本語は今、大きな危機に瀕していると古井由吉は見ていた。このことを考え合わせるなら、この発言は、現在日本語で文章を書く者の身に沁みるものが、いや、こたえるものがあるのではないか。この作家の「文章の由来」についてわずかでも考えてみようとすることが、言語について、また日本語の可能性について考えることに通じているのではないかと思われる所以である。

古井由吉が小説家となる以前、ドイツ文学研究者として出発し、三十歳前後の頃にヘルマン・ブロッホ、そしてロベルト・ムージルの難解な小説を翻訳したことはよく知られている。だがヨーロッパの言語との緊張感に満ちた関係は、彼が小説家となったあとも、最晩年に至るまで、断続しながらも一貫して続いている。ムージルの小説は、出版社から文庫化の申し出があった五十代のはじめに旧訳を全面的に訳し直しており、その後も六十の手前で、ムージル著作集へおさめたいと、再度別の依頼があった際、さらにもう一度手を入れている。校正刷りが「また朱筆で真っ赤になったのを送り返すまでに、ふた月かかった。結局は三〇年来の始末になりました」というから、最後の最後まで相当の執念であった（「ドイツ文学から作家へ」二〇〇〇年、『書く、読む、生きる』）。

この翻訳以外にも古井由吉は、五十代から六十代にかけて、ドイツ語の作家や詩人を中心としつつも、さらに英語圏のエドガー・アラン・ポーやジェイムス・ジョイスの短篇、またボードレールやマラルメなどのフランス語の詩を自身の手で訳しながら、それらをエッセイに織り込むかたちで、きわめて見事な考察を残している。ライナー・マリア・リルケの「ドゥイノの悲歌」の訳文がおさめられた『詩への小路』（二〇〇五年）が、中でももっともよく知られているだろう。だがそれらだけではない。還暦を過ぎてから古井由吉は、青年期にすこし触れていたというラテン語、古代ギリシア語の勉強を再開し、晩年まで続けていたことを、先の大江健三郎との対談も含めて、いくつかの機会に語っている。彼によればそれは、自身が文章を書く上で、最も大きな基礎のひとつとなっている西洋の言語構造を、その源泉までさかのぼって、《音律》のほうから感じ取りたいという思いからであり、ギリシア悲劇と旧約および新約聖書への、古井由吉の持続的な関心も、この《音律》の問題と深く関係していた。

「考えてみると、聖書の文章も詩でしょう？　例えば旧約聖書のイザヤ書は、第一イザヤを祖として、第二イザヤ、第三イザヤと、同じ詩のスタイルをさらに後世が受け継いで書かれている。いくつかの時代にわたって書き継がれていながら、詩として統一されてるし、独自の音律がある。

どうも論理、認識、道徳は、音律と深い関係があるのではないでしょうか。おそらく人の考えの大もとに音律がある。

ところがそれを日本語で口語化したら、少し音律から外れますよね。西洋人の論理、道徳の基礎が詩文で書かれてることをわれわれ日本人はどう取るべきか、と思うのです」（「言葉の宙に迷い、カオスを渡る」二〇一四年、『文学の淵を渡る』）。

「聖書」も元来《声》によって表された「詩」であって、しかもその「音律」は、「論理、認識、道徳」と深い関係にある、と彼は見ていた。それを日本語に、しかも近代の口語にしてしまうと、本来の「音律」から外れるどころか、ほとんどそれは失われてしまうことだろう。ということはまた、われわれはその「基礎」となっている「音律」をまったく知らぬまま、西洋の「論理、認識、道徳」を理解して受け取ってしまっていることになる。受け取って、理解は次第に厳密になり、洗練されてはきたかもしれない。だが、そのぶん「音律」からは遠ざかって行ってしまったとも言える。これはしかし、「聖書」の翻訳にかぎった話ではなく、あらためて考えてみると、やはりあやういことなのではないか、このような疑いが、古井由吉を領していたように思われる。つまりそこには、「音律」からいよいよ切り離され、踏まえるべき「基礎」を失ってしまった時、その言語には、一体どのような帰結が待っているのだろうか、という深い懸念があきらかに含まれていた。そしてこのことは当然、その言語を話して生きる者の存在、つまり近代以降の日本の

「論理、認識、道徳」の問題にも深く関わってくるはずである。

冒頭に引いた「自分の文章の由来」を知ろうとして、東西の古典を読んでいるという言葉は、それゆえ作家の個人的な関心以上の、はるかに広い意味合いを含んでいたことになる。つまり晩年の古井由吉は、自身の文章も含めた、現在の日本語の置かれた状況を見つめ、その危機に立ち向かうためのいとぐちを見出すために、東西の古典を原文で読み、同時に、近代になってにわかに作り出された、日本語の口語文の意義について、「音律」という言語の根源的な側面から、あらためて思いをめぐらせていたのだと考えられる。

二

「近代日本文学の日本語というのは、非常に強くしぶとい。どんな状況でも見事な短篇をその都度つくり出すという力がある。しかし、何分にも、言語の闘争は経ていない。外国語とのバイリンガル的な闘争もない。言語を無化していくものとの闘争もまだ経ていない。ひょっとしたらこれからだろうと思います。いよいよ言語を殺すような動きがもう具体的に上程されてきたし、ずいぶん強い力を持ってきた」(「百年の短篇小説を読む」一九九六年、『文学の淵を渡る』)。

これは、大江健三郎とともに「近代日本文学」の歴史、とくに「短篇」に焦点を当てて、数々の作品を振り返りながら評釈していくという趣向の対談の中で、古井由吉がその最後のほうで述べたものである。「近代日本文学」の始まりから、この対談がなされた一九九六年まで、まだわずか百年程度しか経っていないという事実にもあらためて驚かされるが、「近代日本文学」の急所が、しっかり掴まれているように思われる。つまり優れた小説はある、しかしヨーロッパにおけるような、熾烈な「言語の闘争」はほとんど経験することなく、内輪向きのまま今日まで来てしまった面がある。たとえば英国に対する、アイルランド人ジョイスによる言語的・文学的な闘争を思ってみるといい。そこにはまさに、文化的・政治的支配に対する、言語による壮絶な闘いがあり、複雑をきわめた抵抗があった。そうした熾烈な「言語の闘争」を、「近代日本文学」は、また「日本語」は、二十世紀末に至るまで、ほとんどまぬがれてきたところがある。だが「いよいよ言語を殺すような動きがもう具体的に上程されてきたし、ずいぶん強い力を持ってきた」と古井由吉は言う。彼はその具体例までは挙げていないのだが、いくつかの発言によって、それを推しはかってみることはできる。たとえば、高度化するテクノロジー的な要因、急速に進む文化的、言語的な面でのグローバル化などが当然考えられる。だがそれよりもむしろ、われわれ自身の内側でおもむろに進む、言語の崩壊、解体がどこかで思われていたようなのだ。

二〇〇二年三月六日の松浦寿輝宛て書簡の中で、古井由吉は「近代」の問題に触れて次のように述べていた。「ポスト・モダンがしきりに論じられた時期もありました。超近代などとも言われる。すでに超えつつあるという意味らしい。しかし私は、「現代」は「近代」によって、つねに回りこまれる、と見る者です」(「無限追求の船を見送る時」『色と空のあわいで』)。「現代」が「近代」につねに回りこまれるのは、畢竟「現代」が、「近代」をいっそう過激化し、純化したものでしかないからだろう。そして同じ書簡の中で、こうも述べている。「危機はまず言語において表れるのではないか、と私は考えています。近代の展開に添って言語もより厳密に、より簡潔になっては来たが、「近代」という無限船には、言語という積み荷を不用と思う節が見える。近代の発明には言語に掛からぬものがすくなくない」。

ここで言われる、「「近代」という無限船」という譬喩以上の譬喩については別に述べるとして、「危機」は「まず言語において表れる」と、古井由吉が考えていたことに注意したい。だからこそ、先ほどの「詩文」の「音律」をめぐる問題が、別の文脈で引き合いに出されていたわけだが、ここに言う「言語」の「危機」とは、しかし単に現代のわれわれの使う言葉の崩れや、みだれなどのことを指しているのではない。その程度のことなら、あらゆる時代にあるだろうし、誰でも言いそうなことだ。古井由吉の考える言語の「危機」とは、そうしたたぐいのことではない。それどころか、今や「言葉が残るかどうかの瀬戸際に来ている」、とまで彼は見ていたのである(「作家渡世三十余年」二〇〇二年三月十三日、『書く、読む、生きる』)。

こうした根源的な意味での言語の危機に、「近代の発明」になるさまざまなものの、「現代」におけるさらなる高度化、普遍化が関与していることは疑いない。たとえば言語の情報化や記号化と共に、伝達機能や速度の合理化が追求されることと、コンピューターの急速な進化と普及とは、言うまでもなく無関係ではない。だからそれは、もちろん日本語にかぎった話ではない。しかし日本語の置かれた具体的な状況は、どうか。コミュニケーションや情報のグローバル化に伴って、標準語をいっそ英語にしてしまえ、といった議論や主張はたびたびなされている。それに対して古井由吉は、十代の子供たちに向けてなされた講演「言葉について」（二〇一二年）の中で、「母国語を失った国というのはじつに惨めなものです」と述べた後、こう続けている。「伝統というのは、まさしく「言葉」なんです。その言葉を奪われてしまうということは、足場がない状態とまったく同じ。立つにも歩くにも走るにも、ただ外国の模倣にたよることになる。そもそも日本がこれまでの長い歴史の中で築いてきた伝統は、西洋の伝統とはずいぶん異なっています。その基礎を捨て去って、今さらまるごと西洋から借りなければならないなんて、人間の文化にとってこれほど悲惨なことはない」。

後年の古井由吉が、いかに真剣に、小説や文学といった限られた分野の関心を超えて、言語の問題について思いを巡らしていたか。このことは、強調してもしすぎることにはならないだろう。おそらく彼ほど、現実の生活人の立場から片時も離れることなく、深いところから、母国語の現在の「危機」について思考していた者はほかにいない。そしてそこには、言語をその根源的な

「音律」から感受しようとする、詩人の耳があった。

だがまずは、作家自身が自分の文章をどのように捉えていたか、という点から見ておかなければならないだろう。二〇〇〇年になされた松浦寿輝との対談の中に、自分は「外国文学者」だから、「日本語の文章でも欧米の言葉、もう少し広げるとインド・ヨーロッパ語の構造に照らし合わせて書いている。それなしでは書けないところがある」という率直な発言がある(「いま文学の美は何処にあるか」『色と空のあわいで』)。つまり近代以降の日本が「西欧の文明、文化をこれだけ受け容れた以上、その言語と付き合わざるを得ないだろうという考え方でやってきた。確かに世界を支配したのは、インド・ヨーロッパ語族の言語構造だと思いますから」と。こうした明確な認識と態度でもって、彼が長年小説を書いてきたということは、やはり重要である。だから古井由吉の小説を、日本の古典文学の系譜に単純に位置づけてみるだけで満足するような理解は、あきらかな誤りである。だが「それなしでは書けない」という発言は、もちろん彼の日本語による表現が、「インド・ヨーロッパ語の構造」の「模倣にたよる」ものだということをまったく意味しない。この発言には、考えてみるべき深い意味合いがあり、この問題は古井由吉の小説家としての出発以前、ドイツ文学の翻訳家としての出発点にまでさかのぼる。

作家として出発する以前、若き古井由吉において、異言語間での熾烈な、のちの作家自身の言葉を借りれば「バイリンガル的な闘争」とでも呼ぶべきものが、まずあったように思われるのだ。

つまりドイツ文学の「翻訳」という具体的な行為を通じた、西洋の言語構造と日本語のそれとの間の、最初の言語闘争とでも呼べるものが、生じていたようなのである。ただ闘争といっても、この場合は、相手を打ち負かすこと、攻略することではもちろんなく、むしろ相手も手前も生かすことであり、ふたつの異なる言語の間に、ある音律的な対応関係を成立させることである。

古井由吉が翻訳に携わっていた期間は、彼が大学のドイツ語教師として、ドイツ文学研究をこころざしていた二十代の末から三十代はじめ頃のことであるから、期間としては短いとも言える。しかしこれから見るように、この「翻訳」の経験が古井由吉をして、母語である日本語へと真に目を向けさせることになったという意味で、それは作家古井由吉の誕生にじかに関わる、本質的な出来事であったと言える。彼は、ヘルマン・ブロッホの長篇『誘惑者』の翻訳をしていたその当時を、たとえばこう述懐している。「ドイツ語のある特性をぎりぎりまで駆使した、ちょっと駆使しすぎたような文章を日本語に訳す。これを受け止める日本語の方の能力も相当無理に拡張しないといけない。しかも、翻訳している本人がたどたどしい日本語しか書けない。随分追いこまれました」(「ドイツ文学から作家へ」)。

このように翻訳に苦心しながらも、それでもなんとか丸一年かかって訳稿を完成させたのだが、そのすぐあとふたたび、また別の翻訳の仕事が飛びこんできたという。今度は、訳者によれば、ブロッホよりもさらに厄介なドイツ語の使い手、ロベルト・ムージルの中篇小説「愛の完成」と

「静かなヴェロニカの誘惑」である。「またしても、随分苦しみました。まず私のドイツ語の読解力の貧しさに苦しんだ。こんなに読めないのか、ドイツ語に関してこんなにも音痴なのか。物を読むとき、意味を拾ってゆく、意味を組み立ててゆく。しかし意味というのはかならず音、音韻、音楽性と一緒に展開される。かならず音楽的な形があるんです。それを踏みはずすとなかなか読めない」。それだけではない。「この音楽性が二重になるのですよね、翻訳の場合。原典の音楽性と、日本語の音楽性。これが完全に対応するっていうことは無理なんですよ。だけど、それぞれが生き生きとはたらいていないといけない。読む時にも訳す時にも。そんなことは滅多にないわけでね」(同前)。

そんな風に述懐しているが、すでにここには、作家古井由吉のその後の関心、問題意識の所在がはっきりと示されている。すなわちそれは、意味や論理と不可分の「音韻」、「音楽性」の問題であるが、注意すべきは、それが母国語のみの読書経験から自然に生じるようなものではけっしてなく、言語構造をほぼまったく異にしたドイツ語との言語的な格闘があって、はじめて姿を現しうるものであったという点である。「原典の音楽性と、日本語の音楽性」を対応させ、響かせる、なるほどそれは翻訳者にとって、最も困難なことのひとつだろう。しかしこの翻訳をひとまず終えてからのちも、古井由吉は、そうした種類の困難の実現に向かって進んでいったように思われるのだ。

結局、この時の「翻訳」によって生じたこだわりから、「自分の日本語を納得したいという気持」に引っ張られるようにして小説の道へ入っていったと、古井由吉は語っている（「翻訳と創作と」二〇一二年）。だから翻訳の経験と、その後の小説家としての彼の活動とは、切り離して考えることができないのだが、単純に両者が連動ないし対応しているのではないことは、次の発言から見てとれる。「その後二十年近く、私はドイツ語を読むことをおおむね自分に禁じました。読んで引き込まれて、あの翻訳のときの宙吊りにまた入ったら、たまったものじゃない、と思ったのです。せっかく支えてきた自分のガタピシの日本語が一気に崩れて、一行も書けなくなるのではないかと恐れました」（同前）。こうしてドイツ語との関係は、彼が作家となって以降「二十年近く」の歳月を、地下水脈のように潜伏した状態に留めおかれることになる。だが、そのことによって却ってドイツ語は、その後も彼の著作活動において、重い意味をもつようになっていったと考えられる。というのも、外国語と母国語の間の、最初のバイリンガル的な闘争は、翻訳から創作への通路を切り開いただけではなく、以後かたちを変容させながら、古井由吉の生涯を通じて持続することになるからだ。

ともあれ、古井由吉が自身にドイツ語を読むことを禁じていた期限が切れることになる端緒が、またしても同じムージルの翻訳であったのは興味深い。作家となって二十年近く経った五十代のはじめに古井由吉は、先述したように、かつて訳したムージルの作品を文庫におさめたいという出版社からの申し出をきっかけとして、旧訳を全面的に改訂、改訳することになる。当初は、旧訳がそのまま収録されるはずであったようなのだが、訳者自身が再読し、「こんな日本語を通すわけにいかない」との判断から、全面的に訳し直す運びとなったという（同前）。つまり、すでに「二十年近く」日本語による小説を書きつづけてきていた作家の、面目がかかっていたわけである。

この二度目の「翻訳」を通したムージルとの再会は、その後の作家の展開を辿ってみると、大きな意味をもつものであったことがわかる。というのも、その後古井由吉は、日本の近代文学と古典の再読と並行して、ふたたび西洋の近代文学から中世ドイツ神秘主義へと遡行し、さらに旧約聖書やギリシア悲劇へと深く分け入っていくことになるからである。ムージルの二つの中篇小説の改訳の刊行が一九八七年、続いて評論と講演をまとめた『ムージル　観念のエロス』が翌一九八八年刊であるから、それらは作家古井由吉の代表作のひとつである、『仮往生伝試文』（一九八九年）が執筆されていたのと、ちょうど同じ時期に当たっている。これはやはり、注目すべき事実だろう。作家自身がのちに当時のことを次のように語っている。「またドイツ語を読み始めたのです。中世の神秘主義者まで読み出すと、近世ドイツ語の訳とはいいながら、これは苦しいものです。しかし、読むのが苦しいその分だけ、書くことが楽になった気がしました。同じ中世でも、日本の仏教説話を踏まえた、『仮往生伝試文』を書いていた時期に当たります」（同前）。

つまり彼は当時、一方で西洋中世のキリスト教神秘主義の本を読みながら、他方では日本の中世の仏教説話を読んでそれについて小説を書くという、言語的にも宗教的にも、バイリンガルな読書を同時並行で行っていたのである。

前者の、キリスト教神秘主義にまつわる読書の成果は、やがて『楽天記』（一九九二年）と『魂の日』（一九九三年）に最初のその結実を見、さらに『神秘の人びと』（一九九六年）としてまとめられることになるが、先ほどのムージルの小説の改訳は、それら一連の西洋の古典への遡行の、プレリュードをなしていたかのようである。作家となってから長い間、あえて封印していた欧文という水脈は、こうしてふたたび地表へと姿を現し、一九九〇年代以降の古井由吉の作品の、二大源泉のうちのひとつとなって流れていくことになる。だが逆から言えば、一九六〇年代末から八〇年代半ばまで、外国語との関係を最小限に切りつめるという、ある種の鎖国期間を自覚的に設けたことによって、作者は「自分の日本語」をじっくりと見つめ、実験し、深めていくことができた、と捉えることもできる。その間に古井由吉は、連歌や俳諧をはじめとする日本の古典文学へと沈潜し、そこから「随筆」、「小説」、「紀行文」、「歌」をひとつに溶かし込んでみせたような、ほとんど前例のない、中期の傑作『山躁賦』（一九八二年）を生みだすに至ったと見ることもできるだろう。

ただしこの時期にも「翻訳」の問題が消えていたわけではない。それどころか、興味深いことに作者は、主に日本の古典文学を下敷きとして成った『山躁賦』のことも、「翻訳」だと言ってはばからない。二〇一二年の堀江敏幸との対談の中で、彼はこう述べている。「『槿』までは原作者としての責任感が強かったんですよ。同時に書いた『山躁賦』のときには翻訳者でいい、自分の中にインプットされているよくわからないものを翻訳するだけの話だ、そう思ったんですね。（中略）翻訳者でいいんですから。その方がむしろ綿密に書けるような気がしましたね。原典はないんですよ。でも原典があるような了見なんですね。自分の知らない原典が」（「文学は「辻」で生まれる」『古井由吉　文学の奇蹟』）。

「翻訳」の概念が、ここでは本来の意味からは逸脱するほど拡張されて用いられている。だが注意すべきなのはやはり、ここで作者が自身の創作を、存在しない原典の「翻訳」のようなものだと述べている点であろう。この点については、のちほどまた戻ってくる必要がある。

三

古井由吉が「言語」を見る仕方は、つねに二重になっているように見える。ごく簡単に言えば、一方は論理、構造、意味といった側面、そしてもう一方が、これまで述べてきた、音楽性や「音律」の側面である。おおよそ二〇〇〇年以降の講演や対談の記録を読むと、「音律」や音韻といった、広い意味での音楽性への言及が顕著に見られるため、後年になるにつれて古井由吉は、そうした側面への意識や関心を、次第に強めていったかのように一見思われるかもしれない。しかし実際のところはそうではない。彼が作家となって出発する以前、ドイツ文学の翻訳を行っていた頃から、言語表現における音楽性や「音律」に関する問題意識は、すでにはっきりとあった。次の一節は、古井由吉が作家として出発してまだまもない頃に当たる、昭和四十六年、一九七一年に書かれた「翻訳から創作へ」という随筆からの引用である。

「論理の構築というものがいかに表現の音楽性に支えられているかを、私は原文に倣って訳文の細部の論理を組立てていく作業の中で知った。読んでいるかぎりは明快でも、いざ翻訳してみると言葉の響きなり律動なりに支えられなければつながらない論理の部分がある。そしてその部分が全体の構築の成り立ちに無関係ではないのだ。論理というものは記号にまで抽象化されないかぎり、結局ひとり立ちのできないものなのではないか。言葉による了解というものは、論理性と音楽性が共振れを起すところで、はじめて生じるのではないか。そんなことまで考えた」。

すでにここには、言語表現における「論理性」と「音楽性」の分かちがたさへの鋭い洞察が認められるが、それだけでなく、両者が「共振れを起すところ」に、言葉による了解ははじめて生じるのではないか、という独特の指摘がなされている。それからほとんど三十年近く後の、二〇〇〇年七月になされた対談の中で、古井由吉はまた次のようにも述べている。「言語というものは、論理や構造だけではなく、そこに漂う精神的生命、気韻というものが大事でしょう」。すると対話者の松浦寿輝は、「その気韻というのは、どこから生まれるんでしょうか」と問うている。それに答えて古井由吉は、「やっぱり音韻――声と耳、そして心から生まれるものだと思います」、とこう語っている（「いま文学の美は何処にあるか」）。

この格調高い対話には、それ自体目を見張るものがあるが、問題の核心はここで、言語そのものを貫く「気韻」のうちにあるとされる。古井由吉が「音律」と呼んでいたものが、ここでは「気韻」という言葉で包括されているようなのだが、やはりそれも「論理や構造」に対置されていること、またそれが「声」と「耳」、そして「心」とつながる「音韻」から生まれると言われていることから、広義の「音楽性」を指すものであることは間違いないだろう。いずれにしても、こうした古井由吉の言語観は、従来のいわゆる小説家のものではない。まぎれもなくそれは、詩人の言語観と言ってよく、これこそが彼をして、神秘主義的な伝統を汲むドイツ表現主義、および十九世紀のフランス象徴主義の詩人たち、ボードレール、わけてもマラルメに接近させることになったのだ。

実際古井由吉は、次のように続ける。「私は、十九世紀末から二十世紀初頭のヨーロッパの表現主義、そしてそれを克服した詩人たちの、落とし子みたいなものなんです。凝縮すれば何かが出てくるというオポチュニズムに強くとらえられている。それをヨーロッパの風土でやると、ぐんぐん痩せ細ってくる。そこは地の利で、日本語の流れで釣り合いをとってきた。僕の気韻というのはおそらくインド・ヨーロッパ語の構造性にあって、安易に音韻性だけに突っ込もうとは思わないけれども、音韻と論理が「共振れ」するところを狙っています。ただ、文学というのはどうせ忌まわしいところがあるにせよ、あやういやり方ではあります」（同前）。

恐ろしいほどの自己客観と、徹底した自覚のもとで、言語に関する、そして自身の創作に関する思索が行われていたことが、この発言からもわかるはずである。しかも驚くべきことに、三十年近い歳月を隔てて、ほとんどまったく同じ言葉で、問題の核心が反復されているのである。すなわち「言葉による了解というものは、論理性と音楽性が共振れを起すところで、はじめて生じるのではないか」、という「翻訳」の経験から得られた当初の認識が、ここでは、みずからの創作の問題として、「音韻と論理が「共振れ」するところを狙っています」という言葉で、ふたたび言い表されている。したがって「気韻」とは、結局両者を包括する概念だということになるはずだ。そして先のように述べたあと、古井由吉は自分が突っ込んで行こうとしている、その「あやういやり方」について、さらに次のように述べている。「それは危険なものだと思うけれど、ただ、人が知性の面だけでなく情念の上でも、得心する、腑に落ちるポイントは、バベルの塔以前のところにあるとも思うので、世界を支配したインド・ヨーロッパ語族の言語構造と、たとえば日本人が持っている文語の構造とに接点があるんじゃないかと、まあその近くまで行ければいいと思ってるんです」(同前)。

「バベルの塔以前」とは、言うまでもなく創世記の中の、神の怒りによって、人間の言語がバラバラに、それぞれ異なるものにされてしまう以前、つまり人類が唯ひとつの同じ言語を話していたとされる時代を指している。これはしかし、寓話以上の意味をもつように思われる。というのは、まず言語の意味や論理の側面が、「知性」による認識や理解に関わるものだとすれば、音韻、リズム、律動性といったもののほうは、じかに「情念」に関わると言えるはずである。たとえば、知らない外国語のスピーチや詩の朗読を聴いて、言い知れず心を動かされる、といった場面を思い浮かべてみればいい。これはほとんど言葉の呪術的な側面であるとも言える。つまりあらゆる言語は、本源的に、構造的に二重になっており、「知性」と「情念」に関わる両面性を、つねに合わせもっていると考えられる。また「文語」も元来「詩文」であり、音律をもつ以上、古井由吉の言う「バベルの塔以前」とは、単なる譬喩でも、神話の昔を想定したものでもなく、むしろこの現在今、われわれの使う言葉に内在する、原 - 言語の水準のようなものを指すとは考えられないだろうか。そこに彼は、インド・ヨーロッパ語と日本語との、構造的な接点を見出そうとしていたのではないかと思われる。

この「バベルの塔以前」を、古井由吉は大江健三郎との対談では、以上とはまた別の視点から、「カオス」という言葉でも呼んでいる。その中で古井由吉は、「翻訳家はそのつどカオスを渡るしかない。小説家もそうじゃありませんか?」と問いかけているのだが、ここで言われる「カオス」とは、いわゆる無秩序といった意味ではなく、ある言語的な《宙》が思われていることに注意すべきである(「言葉の宙に迷い、カオスを渡る」二〇一四年)。彼は具体的に、次のように述べている。「外国語を読むというのは、言語と言語の宙に迷うということで、小説を書くときもそうじゃありませんか? 言語の狭間に舞い、一度宙に浮いてしまい、そのまま浮きっぱなしでは、作品が終えられませんし、気もふれかねないので、どうにか着地するまでギリギリ辛抱しなきゃいけないでしょう」(同前)。

興味深いのは、古井由吉がここで、「外国語を読む」ことと「小説を書く」こと、「翻訳家」と「小説家」を同一視している点である。つまり彼にとって、「翻訳」が本質的なものであり続けたとすれば、それは、まさにそれが究極的には「創作」に通じているから、いや、「創作」とついに同じことであったからだ。堀江敏幸は、古井由吉との対談の中でこのことを鋭く見抜いていた(「文学は「辻」で生まれる」)。しかし外国語の無数の書物が、つぎつぎと日本語に翻訳されて流通する、今日の日常に照らし合わせてみるとき、何が異様であるかと言って、それは「翻訳」に対する、古井由吉のこうした考えそのものではあるまいか。一体、「翻訳」なるものを、古井由吉のように考えた者がどれくらいあっただろうか。「翻訳」を実践し、「翻訳」について極限まで思考し、その既存の意味を突きぬけて行って、それが一種の文学の存在論にまで達している点にこそ、彼の「翻訳」観の特異性はあるのであり、まさにそこに古井文学における、「創作」と「翻訳」の関係の核心は見出されるように思われるのだ。

　ちなみに、大江健三郎との複数回にわたる充実した対談の中で、ほとんど唯一、両者の間で見解が真っ二つに分かれて、対立しているのも、実にこの「翻訳」に関する考え方なのである。大江健三郎が、日本の古典文学の現代語訳を積極的に支持し、肯定的に捉えているのに対して、古井由吉のほうは、一貫して懐疑的な姿勢を示している。「現代語訳で読むべきと言えるのは、まだまだ先のことでしょうね。誰か死ぬほど苦しんで現代語に訳す人が出た場合ですよ。谷崎でも、だいぶ楽に訳してるでしょう?」と述べて、『源氏物語』の有名な谷崎潤一郎訳も、ほとんど認めていない様子である（「言葉の宙に迷い、カオスを渡る」）。しかし重要なのは、それが単なる見解の相違以上の意味を含んでおり、この作家の「翻訳」に対する、さらには言語の「音律」に対する、強い感受性と深い認識から来るものであったという点である。

　古井由吉は、長期間にわたった、西洋近代の詩の翻訳を軸としたエッセイ、『詩への小路』の連載を振り返って、大江健三郎に次のように述べていた。「経験して感じたのは、小説を書く人間が外国の詩を読んだり、まして翻訳したりするのは危険だということです。そんなことをすれば自分の日本語を失うかもしれない。ようやく束《つか》ね束《つか》ね小説を書いてきた自分の日本語が崩れて、指のあいだからこぼれ落ちる恐れがある。還暦も過ぎて何をやっているのか、何度もこんなことはもうやめようかと思いながら読んできました」(「詩を読む、時を眺める」二〇一〇年)。

だから「翻訳」は控えるべきだ、などと貧弱なことを言っているのではまったくない。そうではなく、古井由吉にとって「翻訳」とは、外国語であろうと、古語だろうと、もしそれらに徹底して向き合い、寄り添おうとするなら、自分の言葉を、シンタックスを失いかねないほどの危険をともなうものであり、不断の緊張を要するものであったということなのだ。言いかえるなら、彼の「翻訳」も「創作」も、すべてそのような「崩れる危険」(同前)と隣りあわせの、そのつどの異様な集中と緊張のもとに成ったものだということだ。そうした異様とも言える「言語の緊張力」を要さない「翻訳」を、古井由吉は根底から拒絶し、原典と日本語の両方の「音律」を破壊するものとして、否定しているのだと思われる。そうでなければ、リルケの「ドゥイノの悲歌」の訳文について、訳者自身が次のような言葉を、本の最後に書きしるす必要などなかっただろう。「訳詩とは言わない。詩にはなっていない。これも試文である。エッセイの地の文の中へ、仮引用のようなものとして、入るべきものだ」(『詩への小路』)。この言葉のうちには、訳者のへりくだりなどではなく、「音律」に対する、この人の熾烈なまでの誠実が見える。

先ほど引いた対談、「言葉の宙に迷い、カオスを渡る」の二年前にあたる、二〇一二年の講演「翻訳と創作と」の中の言葉を合わせて引いておこう。ムージルの小説を念頭に、大江健三郎に語ったのとほぼ同じ内容が、もう少し詳しく語られているからである。――「特に象徴主義、神秘主義の傾向のある文章では、その頂点にいわく言いがたい境、黙示的な境があります。そこで読者はしばし宙に迷う。予感と理解のはざまと言ったらいいでしょうか。まして翻訳者は言語の宙に迷うのです。原語と母国語のはざまと言ってもいい。グレーゾーンに放り出されるんです。つまり、宙に浮く。しばし言葉を失うということです。

さて、どうしたらいいものか。やることといったら、ただ一つです。文章の音律へ耳を傾ける。文章の起伏を音律としてつかむ。このときほど、私は自分が音痴だなと思うことはありません。なかなか音律をつかめない。この耐えがたい宙空にどれだけ辛抱してとどまっていられるか。そこに翻訳者として、原文の周期に寄り添う勘どころがあると思います」。

この一節は、これまでの考察を踏まえるなら、「翻訳」に限った話ではなく、古井由吉自身の「創作」のこととして読んでみてもいいはずである。言いかえれば、作者自身の作品を読み解く上での、きわめて重要な鍵を与えてくれるものと見てもいいのである。ただやはり、翻訳者にとっての「原文」に当たるものは「創作」にはない。「原文」がなければそもそも「翻訳」などできない、だから当然「創作」は「翻訳」とは違うはずなのだが、同じ二〇一二年になされた佐々木中との対談の中には、この疑問に答えるかのような、作者の印象深い次のような発言が見られる。「また、自分のは原文のない翻訳みたいなものだと言っていたこともあります。実際に原典があったらどんなに幸せだろうと思いますよ。ただ、原典のない翻訳というものは、文学一般のことかもしれないとも思っているんです」(「40年の試行と思考」『古井由吉 文学の奇蹟』)。

答えにはなっていないようで、やはりこれが唯一の答えなのかもしれない。すくなくとも古井由吉の考えは、彼が作家となる以前の、翻訳者であった時期から完璧に一貫していた。では「原文のない翻訳」が、古井由吉の創作の定義であり、さらには「文学一般のこと」でもあるとするなら、作家とは「原文」の代わりに、では何を「翻訳」する者なのだろうか。もっと厳密に問うなら、作家が書こうとする文学作品にとって、存在しない「原文」、「原典」にあたるものとは一体何なのだろうか。それは、かつて詩人マラルメの夢みた《書物》のようなものなのだろうか。弱冠二十九歳の若き古井由吉は、すでに次のように書いていた。「もしも世界に対する任務というものが詩人にあるとしたら、それは《創造》ではなくて、むしろ《翻訳》ではあるまいか。過去の文化の翻訳、偉大な異文化の翻訳、そして何よりもかによりも、世界に現に存在し、現に力をふるっておりながら、依然として符号以外には言葉を受けつけぬものを、生きた言葉に翻訳すること、これこそ詩人の任務ではあるまいか」(「実体のない影」一九六六年、『古井由吉全エッセイII 言葉の呪術』)。

これは、彼がブロッホの翻訳をしていた、昭和四十一年に発表された文章だが、それらの「任務」に加えて、さらにもうひとつ、後年の古井文学にとって本質的となるものを挙げるとするなら、それは「私」や「個」に還元することのできない、他者の声、死者たちの声を、読者にも聴きとれる言葉へと「翻訳」することではなかっただろうか。

古井由吉の「文章の由来」をたずねて、東西にわたるさまざまな影響を数えあげ、具体的に列挙してみることはできるだろう。だがそれだけでは、その文章の本当の由来が明らかにされることはないと私は思う。後年の古井由吉が、「自分の中にインプットされているよくわからないもの」、つまりは自身の内なる《他者の声》に、自覚的に耳を澄ますようになるのは、彼自身の述懐によれば、『山躁賦』からである（「文学は「辻」で生まれる」、「文学の伝承」）。以来、それら無数の声が、おのずから《音律》をなし、ひとつの、あるいはいくつかの調べとなって響いてくるのを、彼はそのつど辛抱づよく待ったのではなかったか。古井由吉にとって「翻訳」の問題は、最終的にはこの他者の声、死者たちの声の問題に通じていくものと思われる。

声、しかしそれはまた、あるいはおのずから《魂》でもあるのではないだろうか。読書とは《招魂》であり、また「虚構」とはつまるところ「招魂のための、姑息ながらの、呪術みたいなものではないか」、と最晩年の作家はみずからに問うていた（「年の坂」二〇一六年）。古井由吉にとって「翻訳」とは、自身の内と外を流れる死者たちの言葉の「音律」に耳を澄ますことであった。だとすれば、それはまた、「招魂」という彼の小説の底を流れつづける主題と、最後にはひとつになるのではないか。

引用文献一覧

「文学の伝承」『文学の淵を渡る』新潮社、二〇一五年
「ドイツ文学から作家へ」『書く、読む、生きる』草思社、二〇二〇年
「言葉の宙に迷い、カオスを渡る」『文学の淵を渡る』新潮社、二〇一五年
「百年の短篇小説を読む」『文学の淵を渡る』同前
「無限追求の船を見送る時」『色と空のあわいで』講談社、二〇〇七年
「作家渡世三十余年」『書く、読む、生きる』草思社、二〇二〇年
「言葉について」『書く、読む、生きる』同前
「いま文学の美は何処にあるか」『色と空のあわいで』講談社、二〇〇七年
「翻訳と創作と」『書く、読む、生きる』草思社、二〇二〇年
「文学は「辻」で生まれる」『古井由吉　文学の奇蹟』河出書房新社、二〇二〇年
「翻訳から創作へ」『私のエッセイズム』河出書房新社、二〇二一年
「詩を読む、時を眺める」『文学の淵を渡る』新潮社、二〇一五年
『詩への小路』書肆山田、二〇〇五年
「40年の試行と思考」『古井由吉　文学の奇蹟』河出書房新社、二〇二〇年
「実体のない影」『古井由吉全エッセイⅡ　言葉の呪術』作品社、一九八〇年
「年の坂」『白暗淵』講談社文芸文庫、二〇一六年

（「群像」二〇二一年九月号初出／『古井由吉　永劫回帰の倫理』月曜社、所収）

初出一覧

ロベルト・ムージル

愛の完成／静かなヴェロニカの誘惑

『世界文学全集49 リルケ・ムージル』筑摩書房、一九六八年。『筑摩世界文學大系64 ムージル ブロッホ』筑摩書房、一九七三年、再録。『愛の完成・静かなヴェロニカの誘惑』岩波文庫、一九八七年、再録。

『ムージル著作集 第七巻 小説集』松籟社、一九九五年、再録。本書は『ムージル著作集』版を底本とした。

訳者解説

「かのように」の試み――世界文学全集版「解説」

『世界文学全集49 リルケ・ムージル』筑摩書房、一九六八年。『筑摩世界文學大系64 ムージル ブロッホ』筑摩書房、一九七三年、再録。『ロベルト・ムージル』岩波書店、二〇〇八年、再録。本書は『ロベルト・ムージル』を底本とした。

循環の緊張――岩波文庫版「訳者からの言葉」

『愛の完成・静かなヴェロニカの誘惑』岩波文庫、一九八七年。『ロベルト・ムージル』岩波書店、二〇〇八年、再録。本書は『ロベルト・ムージル』を底本とした。

ライナー・マリア・リルケ

ドゥイノ・エレギー訳文――『詩への小路』

「るしおる」47号（二〇〇二年八月）－56号（二〇〇五年三月）。『詩への小路』書肆山田、二〇〇五年、収録。『詩への小路　ドゥイノの悲歌』講談社文芸文庫、二〇二〇年、再録。本書は講談社文芸文庫版を底本とした。

古井由吉（ふるい よしきち）
一九三七年、東京生まれ。六八年処女作「木曜日に」発表。七一年「杳子」で芥川賞、八〇年『栖』で日本文学大賞、八三年『槿』で谷崎潤一郎賞、八七年「中山坂」で川端康成文学賞、九〇年『仮往生伝試文』で読売文学賞、九七年『白髪の唄』で毎日芸術賞を受賞。二〇一二年『古井由吉自撰作品』（全八巻）を刊行。ほかに『われもまた天に』『書く、読む、生きる』『連れ連れに文学を語る　古井由吉対談集成』など著書多数。二〇二〇年二月死去。

古《ふる》井《い》由《よし》吉《きち》翻《ほん》訳《やく》集《しゅう》成《せい》　ムージル・リルケ篇《へん》

2024 ©Eiko Furui

二〇二四年九月五日　第一刷発行

訳者　古《ふる》井《い》由《よし》吉《きち》

著者　ロベルト・ムージル、ライナー・マリア・リルケ

装幀者　水戸部功

発行者　碇高明

発行所　株式会社草思社

〒一六〇‐〇〇二二

東京都新宿区新宿一‐一〇‐一

電話　営業　〇三（四五八〇）七六七六

編集　〇三（四五八〇）七六八〇

本文組版　株式会社アジュール

本文印刷　株式会社三陽社

付物印刷　株式会社平河工業社

製本所　加藤製本株式会社

ISBN978-4-7942-2741-6　Printed in Japan　検印省略

草思社刊

書く、読む、生きる

古井由吉 著

作家稼業、書くことと読むこと——。日本文学の巨星が遺した講演録、単行本未収録エッセイ、芥川賞選評を集成。深奥な認識を唯一無二の口調、文体で語り、綴る。

本体 2,200円

連れ連れに文学を語る
古井由吉対談集成

古井由吉 著

グラスを片手にパイプを燻らせ、文学そして世界の実相を語る。八〇年代から晩年までの単行本未収録インタヴュー、対談録を精撰。楽しくて滋味豊かな文学談義十二篇。

本体 2,200円

［文庫］
改訂新版 楽天の日々

古井由吉 著

恐怖が実相であり、平穏は有難い仮象にすぎない。何も変わりはしない——。日本文学の巨星が遺した晩年のエッセイを集成。解説＝佐々木中「古井文学は万人の歌となる」

本体 1,500円

世界大富豪列伝
19-20世紀篇
20-21世紀篇

福田和也 著

一番、金の使い方が巧かったのは誰だろう？ 孤独で、愉快、そして燃えるような使命感を持った傑物たちの人生を、一読忘れ難い、鮮烈なエピソードを満載して描く。

本体 各 1,600円

草思社刊

放蕩の果て
自叙伝的批評集

福田和也 著

耽溺してきた文学、演劇、映画、美術、音楽、酒、料理、旅の記憶を回想しながら、友人や師、両親との交流を自叙伝的に描く渾身の傑作批評集。復活への祈りの書。

本体 2,500円

前-哲学的 初期論文集

内田 樹 著

フランス文学・哲学関連の論文を集成。偏愛するレヴィナス、ブランショ、カミュを題材に、緊張感溢れる文章で綴られた全七篇。倫理的なテーマに真摯に向き合う。

本体 1,800円

死にたいのに死ねないので本を読む
絶望するあなたのための読書案内

吉田隼人 著

十六歳で自殺未遂を犯してから、文学書、思想書は唯一の心の拠り所であった。角川短歌賞・現代歌人協会賞受賞の歌人・研究者が古今東西の文学、哲学の深淵に迫る。

本体 1,600円

霊体の蝶

吉田隼人 著

霊魂(プシケエ)と称ばれてあをき鱗粉の蝶ただよへり世界の涯の——衝撃の第二歌集。荒涼たる世界に生きる苦悩を、厳しい内省による研ぎ澄まされた文体で歌う。

本体 2,200円

*定価は本体価格に消費税を加えた金額になります。

草思社刊

菊地成孔の粋な夜電波 シーズン13-16 ラストランと♂♀ティアラ通信篇

菊地成孔 著
TBSラジオ 著

伝説的ラジオ番組の書籍化、完結篇。番組名物「前口上」をはじめ、コントやラジオドラマ、感動的な最終回エンディングまで、台本&トーク・ベストセレクション。

本体 2,200円

戒厳令下の新宿 菊地成孔のコロナ日記 2020.6-2023.1

菊地成孔 著

神田沙也加、瀬川昌久、上島竜兵各氏への追悼、村上春樹氏との邂逅、コロナ感染記……。音楽業界を壊滅的状況に陥れたコロナ禍、その抑鬱と祝祭の二年半の記録。

本体 2,000円

［文庫］フランスの高校生が学んでいる10人の哲学者

シャルル・ペパン 著
永田千奈 訳

フランスの人気哲学者が、ギリシャ時代から近代までの西欧哲学者10人をコンパクトかつ通史的に紹介したベストセラー教科書。2時間で読める西欧哲学入門。

本体 900円

フランスの高校生が学んでいる哲学の教科書

シャルル・ペパン 著
永田千奈 訳

60人に及ぶ哲学者に言及しながら、「主体」『文化』『理性と現実』『政治』「道徳」といったテーマを解説するベストセラー教科書。西欧哲学入門シリーズ第二弾。

本体 1,600円

＊定価は本体価格に消費税を加えた金額になります。